可哀想な運命を背負った赤ちゃんに転生したけど、もふもふたちと楽しく魔法世界で生きています！ 3

ひなの琴莉

JN126316

この作品はフィクションです。
実在の人物・団体・事件などに
一切関係ありません。

可哀想な運命を背負った赤ちゃんに転生したけど、
もふもふたちと楽しく魔法世界で生きています！
3

CONTENTS

可哀想な運命を背負った赤ちゃんに転生したけど、もふもふたちと楽しく魔法世界で生きています！

3

プロローグ

ガシャーーーン。
「あーもぉうっ」
最近はまっている石積み遊び。
難しくて、三つ以上はなかなか積めない。
でも、ハマっちゃうんだよねぇ～。
幼児だからこういう単純なことに、熱中してしまう。
早く雪が溶けて、また綺麗な石を見つけに行きたいなぁ。
「よぉし、もういっかい」
石を積んでいくと……。
もふっ。
ガシャン。
ペットのワンコが倒してしまった。ガーーン。

「メレンっ。どうちてじゃましゅるのーっ。えーーーん」

急に悲しくなって大泣き。

頭脳は大人なのに、まるで子供。

本能には逆らえないみたい。

「エルちゃん、どうしたの？」

お世話してくれているティナが入ってきた。

「メレンがね……」

思いっきり彼女に抱きつく。

長い腕で抱きしめて、よしよししてくれる。

あったかいっ。ティナ、大好きっ。


私、エルネット、三歳。

前世は、ことりカフェ店員で、普通の日本人の女の子だった。

子供を助けようとして事故に遭った。

私が死んじゃったのは、新人女神様がミスをして、殺す人を間違えたからなのっ！

死後の世界に行ったら、可哀想な運命を背負った赤ちゃんが生まれてくるとのことで、焦《あせ》っていて……。

日本人だった時も、あまりいい人生じゃなかった。

死んだなら、しばらく生まれ変わらなくてもいいって思ったのに。

特別にスキルを与えるからと甘い誘惑をされ、つい乗ってしまった。

『もふもふ動物に好かれて、美味しいお菓子を作れる能力がほしい』

リクエストしたら、すんなりオッケー。

この女神様、大丈夫かって思ったけど、楽しそう！

もふもふとお菓子があれば人生最高だ。

可哀想な運命なんて跳ね返しちゃえ！

と、前向きに捉えた。

特別な契約だから、前世の記憶を残したまま生まれ変わることに。

それで！

私は、赤ちゃんに転生したのだ！

生まれた国は、中世ヨーロッパのような世界で、インカコンス国というところ。

生まれてすぐ、母親に森に捨てられた。

早速、可哀想な運命……！

けれど、あっという間に死ぬのかって思ってたら、数日間、狼さんがお世話してくれたの。

早速、もふもふに好かれるスキルが発動したようで……。

狼さん、お乳まで飲ませてくれたんだよ！

本当に、温かい存在だった。

もふもふと過ごせるなら、これもいいかと思った時、騎士に救助された。

私の見た目は、自分で言うのも照れるんだけど、超絶可愛い！

目の下に星の形したホクロがあるの。これは、強い魔力があるって証拠らしい。

瞳は琥珀《こはく》色でね、王族にしか出てこない色なんだって。

転生した当時は、魔法が使える女性には市民権はなかった。

王族と女性魔術師の間に生まれた禁断の子が、私ってこと。

お父さんもお母さんも、いまだに誰なのかわからない。

でも王族の血が流れているから、騎士たちに守ってもらうことになった。

正式な王族ではないから、王宮で暮らすわけにもいかないし、独身者が住む騎士寮で育ててもらってるの。

みーーーーーーーんな、やさしくて、イケメンなんだ‼

赤い金髪の団長。

黒髪ロングヘアのジーク。

紺色の髪で眼鏡をしているマルノス。

オレンジ色の髪をしたスッチ。

四名のイケメン騎士がメインで私の面倒を見てくれている。

そして、この国には、サタンライオンという獣人がいた。

見た目はライオンだけど、二本足で歩けるの。

呪いをかけられたんだって。

はじめ彼らは危険な生き物だとされていたけど、もろもろあって、解決！

今では王宮の敷地で暮らせるまでになった。

でも、まだ一般市民の中で生活できる状況にはない。

サタンライオンが危険ではないと全国民に周知しても、怖がる人もいる。

呪いを解くためには、青、赤、緑、黄、紫、五つの宝石を集めて、呪文を唱える必要があある。

宝石はラッキーなことに、二つ見つけることができた。

でも、まだ、探す必要がある。

まずは魔法を覚えて、もう少し成長してから探しに行く予定だ。

呪文は、選ばれし者しか効き目がないそうで……。

それがなんと、私らしい！

私は、もふもふに囲まれてお菓子を食べてのんびり暮らしたかったのに。
魔法が使えたら面倒なことに巻き込まれそうじゃない？
でも、サタンライオンの『ゼン』という友達もできて、彼と仲間を救いたい。
なので大変だけど、呪文が唱えられるように練習に励《はげ》んでいる。
そんな私の楽しみは、月に一回開くことりカフェ。
もっと大きくなったら、常設のカフェを聞いて美味しいお菓子を作って振る舞いたい。
前世はめちゃくちゃ料理が下手だったから、スキルを活かしたい！
でもね、最近……。
「エルちゃんの作るお菓子最高」って言われるところを想像すると楽しみっ。
成長とともに、私は両親のことが気になるようになってきた。
どこにいるのだろう？
お父さんとお母さん。
宝石と一緒に、両親も探したい。
辛いことや悲しいことは、子供なりにある。
けど、人生どんなふうに楽しむのかは自分次第だ。
前向きに頑張ろう！

1　ちょっと憂鬱《ゆううつ》になっていました

「はぁぁぁぁあ」

最近、私はふかーーーい、ため息ばかりついている。

ペットのメレンが心配して顔をペロリと舐めてきた。

元気を出してと慰めてくれているみたい。

先日、団長とティナは国王陛下に結婚の報告を済ませた。

春にはここを出て行ってしまうのだ。

寂しいっ。悲しいっ。

ここは騎士たちの独身寮。

結婚してしまえば、出て行かなければならない。

わかっちゃいるんだけど、いつも可愛がってくれた団長とティナがいなくなってしまうなんて。

想像すると寂しくて仕方がなくて、なんだか体に力が入らない。

寂しすぎるーーーー！

「はぁ……」

またため息をついた時、ティナが部屋に入ってきた。

「ティ、ティナ」

彼女の顔を見るだけでも、胸がキュンと痛くなって泣きそうになる。

でも泣いてしまったら、心配させるので無理やり笑顔を作った。

すると近づいてきて心配そうに双眸《そうぼう》を向けて、首をかしげている。

「エルちゃんどうしたの？」

「なっ、なんでもにゃいよ」

「本当に？」

疑いのまなざしを向けてくるので、心が読み取られてしまわないように目を背けた。

「メレン、エルちゃんは本当に元気なの？」

ティナはメレンに質問をする。

「クゥーン《元気がないの》」

返事をしているが、犬の言葉なので彼女には理解不能だ。

「そっか。メレンにもわからないわよね」

勝手に自分で解釈して納得していた。

私は動物の言葉を聞き取ることができるので、話が噛み合っていないなぁと思っていた。

「エルちゃんはまだ三歳なのに妙に大人っぽいところがあるから……」

見た目は子供だけど、前世の記憶が残っていて脳みそは大人。

隠してあるのに大人っぽいことを言ったり、行動をしてしまったり、ついついしちゃう。

「悲しいことがあったらちゃんと言うのよ？　私は春までしかお世話をしてあげられないから……」

ズキン。

まさに今気になっていることを口にされて胸に痛みが走った。

ここから出て行かないでなんて言えない。

好きな人と結ばれて、結婚するティナを祝福したい。

なのに、寂しい……。

「さ、お散歩の時間よ。準備してお出かけしてきましょう」

「うん！」

外を見ると雪景色。

今日は雲ひとつない晴れ渡った空だ。

それでも冬の空気は冷えているので、防寒することになった。

マフラーを首にしっかり巻いて、手袋をはめて、毛糸で編んでもらったふわふわの帽子も被せてもらう。

モコモコしていて動きにくいけど、絶対に風邪をひかせたくないというティナの愛情が伝わるから、文句を言わないようにする。

「準備万端！」

「ばんたんっ」

ティナが温かい手でなでてくれる。

そこに、ワンコたちの散歩をするため、他のメイドもやってきた。

しっかりしつけがされているが、子犬たちは好き勝手に走り回るので、首輪とリードをつけることにしている。

母犬のメレンは、完全に言うことを聞いてくれるのでフリーの状態でも大丈夫。

ティナと手をつないで一緒に部屋を出た。

ちょうど歩いてきた若手の騎士が私の姿を見てしゃがむ。

「お出かけですか？」

「うん！」

普段お世話してくれている騎士以外の人は、たまたま私に会えた時しか話ができないので、すごく喜んでくれるの。

まだ三歳だし、子供ならではの可愛らしさもあって、大人のみんながメロメロになってしまうのだ。

赤ちゃんの頃から『可愛い、可愛い』と何度も言われて恥ずかしいけれど、褒められると嬉しい。

「お外、寒いから気をつけて行ってきてくださいね」

「ありがとうっ」

手を振りながら歩き出す。

お部屋で美味しいお菓子を食べながら、ゴロゴロしているのも好きだけど、外に遊びに行くのは楽しい。

裏の玄関から外に出ると冷たい空気が頬を刺す。

「ふぅー」

息を吐くと白い煙が出た。

ワンコたちはテンションが上がっていて、走りたそう。

庭は、春になると花が咲いて綺麗だが、今は雪で真っ白だ。そのせいか、すっごくまぶしい。思わず目を細めた。

雪が踏み固められてできた道の隣には、まだ新しい雪がある。

ふわふわな雪の上に行ってみたい！

そんな衝動に駆られダイブした。ひゃー冷たい。

「ちょっと、エルちゃんっ」

ティナが怒っているが聞こえないふり。

こういう時、なぜか子供のようになってしまう。これは本能なのかも。

追いかけてこようとしたので、立ち上がってどんどんと歩いた。

途中で振り向くと小さな私の足跡と、犬の足跡がついていて、楽しくなってくる。

けれど、スキップしながら歩こうとすると、足が埋まって抜け出せなくなった。

「ぬ、ぬけにゃいっ」

「エルちゃん、危ないわ」

「だって、たのちいんだもーん」

「もう困ったわね」

なんて言いながらも、ティナは慈愛《じあい》に満ちた温かい瞳をしていた。

メレンも子犬たちもはしゃいでいて毛に雪が絡みついている。部屋に帰ったらきっとベチャベチャになるだろう。

どんどんと進んでいき、広場に到着した。

私とワンコたちは、キャッキャと声を上げながら遊ぶ。

走り回っている時は楽しいけど、ふとした瞬間にティナに視線を送ると、こうして見守ってくれることもなくなっちゃうんだなと悲しくなった。

切ない気持ちが胸を支配し、また泣きそうになる。

一生会えないわけじゃないけれど、お別れするのは寂しい。

「きゃあああ、危ない」

センチメンタルな気持ちに浸っていた時だった。

ティナが血相を変えて大きな声で叫び出した。

何事かと思って振り返る。

身長二メートルほどありそうな熊さんが、こちらに向かって、ノソノソと歩いてくる。

もふもふ大好きだけど、あまりにも大きすぎるので、驚いて一歩後ずさった。

「しゅごい、お、おっきい」

これはさすがに逃げたほうがいいかもしれない。

ところが、よく見てみると目がハートマークになっていた。

もふもふに好かれるスキルが発動！

「エルちゃん、逃げなきゃ」

ティナが必死で近づいてくる。

「えっ、あ……うーん……」

私が帰ろうとすると熊さんは寂しそうな顔をするのだ。

もふもふに好かれるスキルがある限り危険な目に遭うことはないはず。

ほとんど熊さんに会うことはないから、せっかくなら遊びたいと思って立ち止まった。

「わるいこと、しないからだいじょうぶ」

心配しているティナを安心させようと私なりに声をかける。ところが彼女はさらに眉間に深くしわを寄せた。

「ダメよ……。エルちゃんなら動物に好かれると思うけど、万が一のことがあったら大変よ。相手は大きな熊……だし、ね？　帰ろう」

なんとか引き返そうと説得しているみたいだけど、私は頭を左右に振った。

そして近づいてくる熊さんの方向に歩き出す。

「エルちゃんっ！」

ティナが叫ぶように大きな声を出すと、周りにいた騎士が一斉に集まってきた。

何事だといった騒然とした空気になり、彼らは戦闘態勢に入る。

熊さんに意識を集中させると、こんな言葉が聞こえてきた。

《ずっと会いたいと思っていたんだ。僕は絶対悪いことをしない。可愛いエルちゃんと遊びたいだけなんだよ～！》

もふもふに好かれるスキル最高！

私はその声を聞いて胸を撫で下ろした。

「わたしとあしょびたいんだって」

「しかし、大変、危険です」

騎士に引き止められているのも無視。

「もふもふだ〜いしゅき〜」

両手を広げて待っている熊さんに抱きつく。

「きゃあああああああああああ」

ティナの大きな悲鳴が聞こえたが、気にしない。

熊さんは、大きくて太い手でやさしく私のことを抱きしめてくれる。

もふもふというより少し毛が硬いけど、あったかーい。

私のことを愛おしそうに精一杯ハグをして、鋭い爪のある手で背中をそっと撫でられる。

《こんなに可愛いエルちゃんと触れ合うことができて幸せだぁ。エルちゃん、大好きだよ。

ずっと一緒にいたい》

「うふふ、ありがと」

テンションが上がったのか、私のことを両手で抱き上げて高い高いしてくれた。

一気に視界が広がり、空が近くなったような感じがする。

「ど、どうか、エルちゃんを返してください！」

ティナの必死の声が聞こえてくる。

心配かけちゃいけないけど、大好きな動物と触れ合う時間が楽しくて仕方がない。

「やさしい、くましゃんだよぉー」
思いっきり叫ぶ。
「みんないいひとだから、おしょわないでね」
《もちろん！》
私と熊さんはしっかりと意思疎通することができて微笑みあった。
そして私は熊さんにしか、聞こえないように小さな声で話しかける。
「じつはね、あまりげんきがなかったんだ。ティナとだんちょーがいなくなっちゃうの」
《そうだったんだ。それは寂しいね》
首を縦に振った。
「はぁ……さみちい」
《落ち込むのはもったいないよ》
「でも……」
《一緒に過ごせる残りの時間を、大切にするほうがいいさ！》
そうだった。
いなくなることばかりに気が取られて、大事なことをすっかり忘れていた。
《そのぶんたくさん思い出を作るんだ》
「しょうだね」

赤ちゃんの頃から一緒に過ごしてきて、いっぱい思い出を作ってくれた。感謝してもしきれない。

団長とティナがいてくれたから、大きく成長できたのだ。

もちろん他にお世話してくれた騎士にも、ありがとうの気持ちで胸がいっぱいなの。

《寂しいならいつでも呼んで？》

「うん！」

《遊ぼうよ。ベルを鳴らしてくれたら、遠くからでもここに来るよ》

「やさしいねぇ」

満面の笑みを浮かべると、熊さんはまた瞳をハートにして頬ずりしてきた。

意外にチクチクして痛い。

外の空気は冷えているのに、熊さんが包み込んでくれたおかげですごく暖かい。

私が甘えている姿を見て、騎士たちは安堵したような表情を浮かべていた。

「あれは、食べる感じではないですね」

「さすが、エルちゃんだな」

「熊まで手懐《てなづ》けるとは……」

そんな会話が聞こえてきた。

たっぷり遊んだあと、ティナの元に戻ると、少しだけ不機嫌そうだった。きっと心配でたまらなかったに違いない。

「どうちたの？」

「あんまり心配させないで。……エルちゃんはおてんばすぎるところがあるから」

「ごめんなしゃい」

「……熊さんとあまりにも仲よさそうだったから、ちょっとだけヤキモチ焼いちゃったわ」

「え？　ティナのこと、だいしゅきだよ」

素直に気持ちを伝えたら、ティナは頬を真っ赤に染めてニッコリと笑ってくれた。

＊ティナ

部屋に戻ってくると、お砂糖をたっぷり入れた温かいミルクを飲んだ。

エルちゃんは美味しそうにニコニコしながら、ゆっくりと休んでいる。

「あまくて、おいちいね」

「そうね」

そのうち、疲れてしまったのか、ウトウトしだした。

熊が出てきた時は驚いたけど、さすがだ。

どんな動物もエルちゃんに懐いてしまう。

動物だけじゃない。

彼女には特別な魅力があって、どんな人でも虜《とりこ》になっちゃうのだ。

眠そうにしているエルちゃんをそっと抱き上げて、ベッドに寝かせた。

風邪をひかないように、布団をかけてあげる。

エルちゃんを囲むように、ワンコたちもベッドに乗ってきた。

もふもふに囲まれて幸せそうだ。

じっと見つめる。すごく可愛くて顔がゆるんでしまう。

私のエルちゃんに対する愛情は誰にも負けない。

だって赤ちゃんの頃からずっと見てるんだもの。

捨てられてしまった可哀想な運命の赤ちゃんだったけど、それを感じさせたくないという気持ちで、大事に育てていた。

だから大人になるまでずっと一緒にいたいんだけど、私は結婚してここから出て行かなければならないのだ。

エルちゃんには王族の血が流れているのは間違いないことだし、注意して警護しなければいけないから、連れていくわけにはいかないのだ。

エルちゃんと離れるのは寂しいけど、騎士寮を出ても頻繁《ひんぱん》に会いにこよう。

2　楽しい計画がはじまりました

今日は魔法の練習の日。

重たい足取りで私は練習室へと向かった。

魔女のルーレイとジュリアンがいつも熱心に教えてくれている。

雪が降っていない時は外で練習することが多かったけど、今の時期は寒いので特別に大きな部屋を作ってくれた。

一面黒い壁に照明は暗め。壁には本棚がびっしりと置かれていて、魔法関係の難しそうな分厚い本がある。

棚にはガラスのように綺麗な玉や、理科の実験室にあるようなビーカーまであった。

まるで秘密の空間のような気がして、雰囲気はめちゃめちゃある。だけど、やっぱり魔法を使うのはあまり好きではない。

魔法が使えたらいろいろ期待されて、面倒なことに巻き込まれる可能性がある。私が前世日本で読んでいたライトノベルには、そういうパターンが多かった。

できれば魔法を使わず、動物たちと楽しくお菓子を食べてのんびりと過ごせたらそれが一番いいんだけど。

サタンライオンの呪いを解くためには、強い魔力を込めて、呪文を唱える必要がある。

この呪文というのがとーっても難しいのだ。

大人でも覚えるのが大変なのに、子供の私はまだ口が回らないので頑張っても唱えられない。

「マルカ、パラティ、ソラッシュ、コーカッピーノ……」

「ま……る……か、ぱりゃ……」

難しいことばかりしていても嫌になってしまう。

「今日は、呪文の練習は終わり！」

ルーレイとジュリアンは楽しいことをしながら魔法の練習をしてくれている。

これでも少しは魔法も上達したはず！　壊れたものを直すことができるようになったんだよ。

「じゃあ……今日は、この足が取れてしまったお人形さんを魔法で直してみましょう」

お姫様のようなドレスを着た人形の足が取れてしまっている。

針と糸があれば直せる気もするけれど、魔法の練習なのでやってみるしかない。

人形を目の前に置いて、手のひらをかざす。

魔法を使う上で大切なのは頭の中に強くイメージを描くこと。

頭に思い浮かべながら手に力を込めていく。

そうすると手のひらが痒《かゆ》くなってきて、手からビームが出てくるのだ。

「はぁー、なおれ！」

手のひらから強い光が発せられ、一瞬大きな光に包まれる。

すると、あっという間に壊れていた人形が元通りになった。

「すごいじゃない！」

「エル、よくやったわ」

私は褒められて伸びるタイプ。

それをよく知っている二人はものすごく褒めてくれる。

褒められると調子に乗ってどんどん、練習するのだ。

「じゃあ次は、これを直してみてくれる？」

紫色のヒールの高い靴だった。

ジュリアンが目を細めてルーレイを見ている。

「これ誰の？」

「……ごめん、私の。お気に入りなのよ。エルに直してもらってまた履けたらなと思って」

「ちゃっかりしているわね。自分の魔法で直せるでしょ?」

「まぁね、あはは」

二人のやりとりを見ていると、まるで漫才でも見ているかのようだ。

たしかに彼女くらいのレベルなら、自分で直すことができるだろう。

靴の底がすり減っていてヒールも折れている。

ちゃんと直せるかな?

綺麗になったところをイメージして、手に力を込める。

手からキラキラと輝く光が出てきて、あっという間に靴が直った。

「はぁー、なおれ!」

「まるで新品みたい」

ルーレイが飛び跳ねて喜んでいる。

喜んでいる姿を見ると嬉しくて私は満面の笑みを浮かべた。

人が喜んでくれる魔法なら、使ってもいい。

誰かの役に立つことって心が温かくなるんだよね。

練習に励んでいたら扉を叩く音がした。

以前私の魔法が間違った方向に飛んでいって怪我をさせたことがある。

なので練習しているところには、しっかりと合図を送ってから入ってきてもらうようにしている。

「はい、どちら様？」

ジュリアンが扉に向かって尋ねると、外から男性の声が聞こえてきた。

「相談があるのだが、エルはそこにいるか？」

団長の声だ！

大好きな団長だ！

嬉しくて私は駆け足で扉に向かっていく。

扉を開くとそこに立っていたのは団長だった。

「だんちょー！」

「エル、練習頑張っていたか？」

しゃがんですぐに私のことを抱きしめてくれる。長くて太い逞しい腕に抱きしめられるのは大好きだ。そして植物のようないい香りもするの。

「ちょっと相談があるんですが、練習を中断させてもよろしいですか？」

「どうぞ」

ルーレイがニッコリ笑って答えた。

団長は私のことを抱き上げる。

「エル、サタンライオンの施設をもっと充実させようと思っているんだが、通訳してほしいのだ」

「うん、いいよ！」

その日は団長と打ち合わせをした。


早速次の日。

団長と一緒にサタンライオンの元へ向かう。団長は私のことを愛《いと》おしそうに抱き上げてくれた。

「サタンライオンたちは、自由に街に行けない。みんながくつろげるスペースを作りたいと思っているんだ」

「へぇ、いいね！」

栗毛でオレンジ色の瞳をしている騎士、スッチも一緒についてきた。

彼は大型犬のような明るい性格をしている。そして敬語を使うのが苦手だ。

「楽しそうだね！　遊べるところが増えるってワクワクするよね！」

「そうだな」

想像してニコニコしている彼を見ると、こちらまで胸がポカポカしてくる。

閑散としていた裏庭には、簡易的だが家が建てられている。丸太を組み合わせて作ってあるようで、寒そうに見えるけど中に入ると意外と温かい。

裏庭には、三十世帯のサタンライオンが住んでいる。

中央の広場には、みんなが集まって料理ができるスペースなどが設けられていた。

冬は少し寒そうだけど、彼らは毛皮をまとっているので思ったよりも寒さには強いらしい。

彼らが住んでいる中でも村長的存在の、一番広い家に集まることになった。

そうは言っても全員が入れるわけではないので、外から話を聞く人もいる。

私の友達であるゼンという子供のサタンライオンも一緒に中に入った。

「今日は施設を充実させようと思って、話し合いにやってきた」

団長が言うと、言葉を理解しているサタンライオンたちは拍手をして大喜びだ。

「ウォーン」

「どんなしせちゅを、つくってくれりゅのってきいてるよ」

私は通訳をする。

「希望を聞かせてほしい」

「ウォーン！」

するとサタンライオンたちは雄叫《おたけ》びを上げた。

一斉に話されたら、聞き取ることが難しい。

「みんな、一人じゅつ、はなしてぇー」

立ち上がって大きな声でお願いすると、静かになって一人ずつ話をしてくれるようになった。

食事は提供されているので、ほとんど問題がないらしい。

自由に街に行くことができないから、娯楽がほしいという意見が多かった。

日本にいた頃、どんな楽しいことがあったか思い出す。

カラオケとか、映画とか、ゲームセンターとか、遊園地とか。

これを、こちらの世界で置き換えるとどうなるだろう？

歌らしきものはいつも聞こえてくる。

子供たちが雄叫びあげて楽しそうに叫んでいるのだ。

防音とかここの世界には必要がない。静かにする時間はおとなしくしてないといけないけどね。

映画か……。

映像を見るという文化がないから、紙芝居とかだったらいけそうかも！

遊園地も、日本にいた頃みたくハイテクなものはできないと思うけど、遊具を作ることはできそうだ。

「ゆうえんち、どう？」

当たり前のように遊園地という言葉を出したが、こちらの世界の人にはピンと来ていないらしい。すごく気になると興味津々だ。

「エル、ユウエンチって何？　楽しそうな言葉だけど！」

スッチがオレンジ色の瞳をキラキラと輝かせている。

「ウォーン」

ゼンもすごく気になると興味津々だ。

「ブランコとか、シーソーとか、のってあしょべるどうぐをあちゅめるの」

本当は観覧車とか、コーヒーカップとか、メリーゴーラウンドがあれば可愛いんだけど。

そこまでの技術はこの国の人にはまだない。

でも、メリーゴーラウンドみたいなものなら作れないかな？

「それはいいアイデアだ。さすがエル！　偉い！」

私の頭を髪の毛がぐちゃぐちゃになるほど、ワシャワシャと撫でてくる。

「スッチ、やめて！」

せっかく可愛く髪の毛を結んでもらったのに。

ぐちゃぐちゃになってしまうじゃない。

唇を尖らせてにらみつける。

「怒った顔も可愛いよ」

そんなことを言って、喜ばれるので、それ以上反論できなくなってしまった。

「それはいい考えだ。他には何か思いつくか？」

団長に問いかけられて頭を捻《ひね》る。

普段料理をして洗濯をしてせっせと働いている女性にも、のんびりしてもらえる空間があったらいいなと考える。

「あ、カフェ！」

いつもの『ことりカフェ』は、簡易的なお茶会みたいなものだから、しっかりした常設の店舗を作ってみたい。

それなら、みんな楽しんでリラックスできると思う！

「それもいい考えだな。サタンライオンのみんなだけじゃなくて、休憩したい騎士や職員たちも一緒に使えたらそれはそれでいいと思うし」

サタンライオンたちも大きく頷いている。

こうして人間と共存して過ごせるということがすごく嬉しそうだ。

早く一般市民にもサタンライオンが危険な動物じゃないって、呪いをかけられただけの存在だってわかってもらえたらいいんだけどなぁ。

でも、何年もこうして暮らしてきたから難しいのかもしれない。少しずつ理解してもらうしかないよね。

もしカフェが成功したら、一般市民にもたまに開放してあげるのもいいかもしれない。

そうすれば理解が深まると思う！

その思いを伝えようと口を開く。

「こくみんも、あしょびにこれたらいいね、いちゅか」

私の気持ちは理解してくれたのか、団長もサタンライオンもやさしい瞳を向けていた。

「あぁ、そうだな。これから国王陛下の許可を取りに行く。もし正式に許可が下りたら、カフェで提供するお菓子の開発を一緒にしてくれないか？」

「うん！」

私の瞳は、きっとキラキラと輝いているだろう。

夢にまで見ていた店舗型のことりカフェが開けるかもしれないんだもん。

「ユウエンチも、楽しそうな遊具が思いついたら教えてくれ」

「あいっ」

「エルは思いもつかないことを考えてくるから、本当に期待できるんだよね！」

スッチが心から楽しみ、というような表情を浮かべていた。

話し合いが終わり、団長は早速、提案書をまとめると言って執務室へ戻った。

部屋に戻ってきた私はおやつタイムだ。

その前に、留守番してくれていたワンコたちが私の戻りを喜んで出迎えてくれる。わさわさと尻尾を振って、飛びついてくるのだ。

まだ体の小さい私はすぐに倒されてしまう。

「ちょっと、まって」

顔をベロベロと舐められて、抵抗できない私は、いやいやと言いながらも本当に可愛い子たちだなと思っていた。

ティナがおやつを持って入ってくる。

「エルちゃん、おやつの時間よ」

「あーーーーーーい！」

元気な返事をして、椅子に腰かけた。

今日は何を持ってきてくれたのだろう！

テーブルに置かれたお皿を覗き込むと、みかんクッキーだった。

クッキーの上にみかんのジャムをのせて焼いたような感じ。

めちゃくちゃ美味しそう！

まずは手を綺麗に拭いてもらって、一枚つまむと、大きな口を開けてパク。

ジャムは酸っぱいけど、私が食べやすいように甘く煮てくれていてとても美味しい。

一緒に持ってきてくれた温かいミルクとすごく合う。

ティーカップは最近、国王陛下がプレゼントしてくれた白地でお花の柄がついているものだ。お気に入りなの。

まだ子供だから陶器は危ないかもしれないけど、私は気をつけて飲むようにしている。

容器が変わるとまたひと味もふた味も違った感じがするんだよね！

「んーたまらにゃい」

私が美味しくて思わず唸ると、ティナは笑っていた。

「ティナも食べよう」

「ええ」

隣に座って一緒にクッキーを食べる。

美味しいものを大好きな人と食べる時間は本当に幸せ。

「またひとちゅ、おもいでふえたね」

「そうね」

少し切なそうだったけど微笑んでくれた。

「たまには、あしょびにきて」

「くるわよ」

まだここを出て行く日がはっきり決まっていないけど、ついついお別れの言葉を口にしてしまう。

甘酸っぱいクッキーを噛み締めながら、別れの日を想像すると切ない。

考えたら泣きそうになってしまって、言葉を発することができなかった。
部屋の中にはサクサクっと、クッキーを食べるいい音が響いていた。

夕方になり、夕食を済ませてお風呂に入れてもらう。
ふわふわの泡で体を洗ってくれる。
浴槽でしっかりと体を温める。
楽しくなってきて、私は覚えたこちらの世界の歌を歌い出した。
「あおい～おしょらには、おおーきなー、たいようが～♪」
「エルちゃん、じょうずね！」
ティナが褒めてくれて、手拍子までしてくれる。
バスタイムもとっても楽しい。ティナ大好き！
体がぽっかぽかになると、脱衣場まで向かう。
寝巻きに着替えさせてもらった。
そして私は部屋に戻ってくる。
提案書がちゃんとまとまるといいなと思いながら、勝手に想像してノートに絵を描く。
もう少ししたら寝る時間だから、今夜の当番の騎士がやってくるはずだ。
メリーゴーラウンド、作ってほしいな。

お馬さんみたいな形の乗り物と、馬車みたいな形の乗り物を回転する台に乗せてクルクル回したら、子供たちは喜ぶんじゃないかなと思う。

私も今は子供だから、小さな子たちの気持ちがすごくわかるのだ。

「エル、お絵かきしていたのか？」

声をかけられて振り返ると、今日の当番のジークが入ってきた。

黒髪を一本に結んでいる。

黒い瞳をしていて、体はごっつい。

男の中の男。

めちゃくちゃ強い騎士！

という感じなのに、私と二人きりになると赤ちゃん言葉で話してくるのだ。

私のすぐ隣に座って覗き込んできた。

「上手でちゅね」

「ありがとう」

「これは、何を描いたんでちゅか？」

「……かいてんしゅるの、ここ」

「へぇー。すごい発想力だな……」

感心したようにつぶやいて、私の頭を撫でてくる。

「えらいでちゅね、エルちゃん」

「ジーク、あかちゃんことば、やめて。もう、あかちゃんじゃないもんっ」

「ははは、怒るなって。エルは何歳になっても俺たちの可愛い赤ちゃんだ。よちよち、いい子だ」

嬉しいような悲しいような。

愛情が伝わってくるけど、いつまでも赤ちゃん言葉で話されると恥ずかしい。

メレンも面白そうにこちらを見ている。

「サタンライオンのおうちのちかくにちゅくりたいの」

「なるほど。施設を増やしたいと話をしていたもんな。提案が通るといいけど」

「うんっ」

私は思いっきり頭を縦に振って頷く。

「たのちい、くうかんになったらいいね」

「あぁ、そうだな」

私とジークは夢を馳せながらしばらく絵を描いていた。楽しくて夢中になってしまいいつつい夜更《よふ》かししてしまう。

もっと、もっとお絵かきしたいのに、眠くなってきてまぶたが落ちてくる。

「エル、ねんねするぞ」

ジークのやさしい声が聞こえてきた。

体がふわりと浮く感覚がする。きっと私を抱き上げてベッドに運んでくれているのだろう。

頭では冷静に大人として判断できるのに、なぜか体は動かなかった。

大きくて筋肉質な腕に抱きしめられながら、私は深い眠りへと落ちていった。

＊＊＊

それから数日後。

サタンライオンの区域に新しい施設を作るための承認が国王陛下から降りた。

二月ごろから開始して、春にはある程度完成するような予定が組まれたそうだ。

出来上がるのが楽しみだ。

今回作られるのは、遊園地とカフェ。

ということで、どんな遊具を置くべきか、騎士寮の広い部屋で会議が開かれることになった。会議といってもとても緩いものだ。甘くて美味しいお菓子がテーブルにたくさん乗せられている。

団長と数名の騎士がいて、いつも私のお世話をしてくれているマルノスも参加していた。

私はどうにかしてメリーゴーラウンドを作りたくて、プレゼンすることに決めたのだ。

「では意見があるものでは上げてくれ」

「あいっ！」

立ち上がって元気よく手を上に突き上げる。

参加している人たちが温かな目でこちらを見てきた。

ちょっと恥ずかしくて頬が熱くなった。でもこの世界の人にメリーゴーラウンドと伝えても意味がわからないと思ったので、わかりやすい言葉を考えた。

「かいてんもくば、ちゅくりたいの」

「……回転、木馬？」

私は描いてきた絵を見せた。

それを全員が食い入るように見ている。

電気で動くのは難しいから、手動か魔法石で動かすことになると思うけど……。

木材で作って、カラフルに色を塗ったら可愛く仕上がるのではないかと思った。

「象徴になるような、そんな乗り物があったら楽しいだろうな」

「うん、そうなのっ」

「子供の夢は叶えてあげたい」

団長が目を細めて穏やかにつぶやいた。

他にもいろいろな意見が出された。

ロープを使った遊具や、水遊びできるスペースもあればいいとの意見も出た。

そして話し合いはことりカフェへ。

そんなに大きな空間は用意できないかもしれないけど、空いている建物があるのでそこを利用してはどうかとのことだった。内装を整える必要がある。

「気がつけばエルは、絵も上達していたんだな。参考にさせてほしい」

「うんっ」

「毎日ことりカフェをやるというのは、やる人も大変だから……。週に一回からはじめたらどうだろうかという提案があった。そしてサタンライオンからも店員を募集して仕事を覚えてもらいたい。人間の姿になった時に、すぐに定職につけるようになってほしいとのことだ」

国王陛下も団長も、サタンライオンのことを真剣に考えてくれているのだと、胸が温かくなる。

真剣に話している団長の姿に私は感動していた。

みんな頑張っている。

だから私ももっと魔法の練習に励んで、呪文を唱えられるようになって、サタンライオンたちを助けてあげなきゃ。

3　人見知りをしました

二月になり、少しずつ暖かくなってきた。

日本にいた頃よりも、ほんのちょっぴり春が早いかもしれない。

ティナと団長は春に結婚するそうだ。

そのせいなのか、最近、なんだかソワソワしている。

朝ごはんを食べてのんびりしていると、ティナが部屋に入ってきた。そして私の目の前でしゃがみ、瞳を見つめてくる。

「エルちゃん、大切なお話があるの」

「にゃに？」

妙に改まった様子だったから、私はおかしいなと首をかしげた。

「私の次にお世話をする人が決まったの。明日、面会に来るって」

「……しょっか」

あまりいい話じゃなかったので、私は笑顔が引きつってしまいそうだったけど、なんとか笑う。

「エルちゃんに会ってもらってから、正式に決定するわ」

「……うん」

そこまで配慮してくれていて、すごくありがたかった。

「伯爵家の令嬢さんらしいわ」

元気づけようとあえて明るく言ってくれているみたいだ。

「ご両親はすでに他界されていて……。お母様もお父様も国に貢献してくれた人みたいなの。縁談の話もあったみたいなんだけど、家族を失う悲しみがまだ癒《い》えていなくて、今は働きたいという気持ちが大きいらしいわ」

「そうなんだ」

「十七歳だから、これからまだまだ縁談の話があるかもしれないわね」

切ない思いをしている人なのだ。わかり合えるところもあるかもしれない。

「でも、さみちい」

「エルちゃん」

ティナが抱きしめてくれる。お花のように甘い香りに包まれた。彼女のこの匂いが大好きだ。

「ちゃんと引き継ぎもするから、大丈夫よ。王宮としても大切なエルちゃんをお願いするんだから、しっかりと選ばれた人だから」

「……うん」

あんまり困らせてはいけないと思いつつ、私は甘えたくて彼女にしっかりとしがみついた。

私も緊張するけど相手だってきっとドキドキしているはず。だからなるべくわがままを言わないで、やさしくしてあげないと。

明日になるのがちょっぴり怖い。息が詰まりそうだった。

次の日になり、いつもより早く目が覚めた。

今日朝まで一緒にいてくれたのは、マルノス。

紺色の短めの髪の毛と紺色の瞳をしていて、眼鏡をかけている。いつも敬語で穏やかに接してくれる、大好きな騎士の一人だ。

彼の腕の中で抱きしめられて眠っていた。

ぬくぬくして気持ちいいけど、今日は新しいお世話係と会わなければいけないので、緊張してお腹が痛い。

もぞもぞしているとマルノスが目を覚ました。

「エル様、お目覚めですか？」

「うん」

彼は手を伸ばし、ベッドの近くのカーテンを少し開ける。

顔がはっきりと見えた。

眼鏡をかけていない彼の顔はより一段とハンサムに見える。しかも、太陽の光に照らされて、キラキラと輝いていた。

この国の人たちは、美男美女が多いけど、マルノスも本当に素敵っ。

前世の私は眼鏡をかけた男性キャラが好きだったから、さらに特別な目で見てしまうのかもしれない。

そのせいなのか、日本人だった頃の私がエルのなかでときめいてしまっている。

あーんもう、朝からキュルルーン！

心臓がドッキンドッキン！

「マルノス、かっこいいね」

「えっ、あ、朝から突然何をおっしゃるのですか？」

予想外の言葉だったのか顔を真っ赤に染めて、ものすごく照れている。そんな姿を見るだけでこちらも恥ずかしくなってきた。

「今日は起きるのが早いですね」

「……ドキドキちてるの」

「ティナさんの代わりの人が来るからですか?」

コクリと頷いて、不安な気持ちを払拭《ふっしょく》するようにマルノスにぎゅっと抱きついた。

彼は私を安心させるように、やさしく背中を擦ってくれる。

「不安ですよね。でもエル様は誰からも愛されるから大丈夫ですよ」

「しょうかな……」

「ええ。安心してください」

マルノスがそう言ってくれると、すごく安心する。絶対大丈夫なような気がするのだ。

「さ、朝食を食べて準備をしましょう。ティナさんを呼んで参りますね」

ベッドから抜け出して、部屋から出て行った。

すぐにティナがやってきて、朝食の準備をはじめる。

目の前にはパンやスープが置かれたが、胸の辺りがムカムカして手をつけたくない。

「ティナ、あまりたべたくにゃい」

元気な声でつぶやくと彼女は私の前にしゃがんで視線を合わせてきた。

「でも少しは食べないと元気が出ないのよ?」

「しょうだよね」

あまり心配をかけてはいけないから、少しずつ口に運ぶ。

「ちゃんと食べられて偉いわ」

「……ありがとう」

なんとか食事を終えて、今度は着替えることになった。はじめて会うということで少しばかりおめかしすることに。

メイドが入ってきて、手際よく着替えやヘアアップをしてくれる。

髪の毛も伸びてきたので上で結ぶことができるようになってきた。

ティアラまでつけてくれる。キラキラしたものは可愛くて大好きなので嬉しい。

「わあいい〜〜！」

「お似合いですよ」

準備してくれたメイドさんたちはニッコリと笑ってくれた。

「とっても可愛いですよ」

「本当に可愛いです！」

そんなにみんなに言われたら照れちゃう。

準備が終わって自分の部屋でどぎまぎしながら考えていた。

ご両親を失ったので悲しい思いをしているかもしれない。

彼女はこの仕事にどうして、志願したのだろう。

どんな人が来るかわからないけど、最低限動物が好きだったらいいな。

待っていると団長が迎えに来た。

「そろそろ行こう」

団長が私を抱っこして、その後ろからティナがついてくる。

面接みたいでなんだか嫌だな。

そういえば団長もいなくなるから、一緒に夜を過ごしてくれる騎士さんもまた募集するのかなぁ？

環境が変わるって、ちょっとしんどいかも。

こんな緊張するなら、団長とティナと一緒に暮らして、二人の子供として育てられてもいい。

……と思ったけど、新婚さんの家にお邪魔したら申し訳ないか。しかも、ここには大好きな人たちがいっぱいいるし。

環境が変わっていくことは、ここで暮らしている限り、仕方がない運命なのかも。

あっという間に客室に到着した。

扉の前の護衛が頭を下げてくる。

「お見えになってます」

「警備ご苦労」

団長が挨拶をして開かれた扉の中に入っていく。

「お待たせしました」

視線を動かすとソファーに座っていた一人の女性が目に入ってきた。

こげ茶色の髪の毛を綺麗にまとめていて、青い瞳が印象的だ。大きな瞳に長いまつげが特徴的。

可愛らしい女性というのが第一印象だった。

彼女は私たちの姿を確認すると立ち上がって、こちらを見つめている。

「アイレットと申します！」

語尾にハートでもついてるのかと思うほど、明るい口調なので驚いた。

両親を失って悲しい思いをしていて、物静かな女性がやってくるのではないかと想像していた。

「まず座りましょう」

自己紹介しなければいけないのにドキドキして私は団長にしがみつく。

「この子がエルネットだ」

「はじめまして、エルネット様。お会いできるのを楽しみにしておりました！」

元気いっぱいなので圧倒される。

「……よろちくでしゅ」

「ハッハッハ、エルも成長して人見知りするようになったんだな」

これは人見知りっていうのかな？　緊張するからそうなのかもしれない。

前世の記憶があって脳みそが大人のはずなのに、私はこちらの世界ではやっぱり子供なのだ。

人見知りするということは、少しずつ大人になっている証拠なのかも。

「エルさま……じゃなくて、エルちゃんってよんでほちいな」

「ではお言葉に甘えてエルちゃんと呼ばせていただきます」

笑顔があまりにもキラキラしているので眩しい。

私は目を細めて苦笑いを浮かべた。

「エル、アイレットさんに質問はないか？」

「あーうーんとね……どうぶちゅはすき？」

アイレットはひまわりのように明るい笑顔を浮かべて大きく頷く。

「大好きですよ！　もふもふは大好き！　動物って本当に可愛いわよね。可愛いものは大好きなの」

動物好きに悪い人はいないというのが持論だ。

彼女とならきっとうまくやっていける気がした。

面談はあっという間に終わった。

それから数日後、アイレットが正式に採用されたとの連絡があった。

＊アイレット

王宮の印がついた封書が届いたのは一週間前。

中を確認してみると、正式にエルちゃんのお世話係として採用されたとのことだった。

そして王宮で契約を交わしてきた。

エルちゃんの素性《すじょう》は複雑なものだった。

強い魔力を持った赤ちゃん。でも瞳は琥珀色。

ということは王族と魔法使いの間にできた子供ということになる。しかし生まれてすぐに捨てられちゃったみたい。

このことは口外してはいけないと、厳重な誓約を結ばされた。

そんな悲しい過去があるけど、愛情たっぷりに育てられてすくすくと成長しているらしい。たくさんの人に愛されているようだった。

（……羨ましい）

私は伯爵令嬢として育てられてきた。

両親が不慮《ふりょ》の事故で亡くなったのは二年前。

爵位は父の弟が引き継ぐことになった。そこで私も暮らすことになったのだけど、召使いのように扱われたのだ。

掃除や洗濯、縫い物……様々なことをさせられて手がボロボロになった。

部屋は物置のようなところだったし。

十七歳になった私は、縁談も勧められたが、家族を失うのが怖くてまだ結婚ということは考えられなかった。

そんな私に舞い込んできた話が、小さな子供のお世話係。

詳しく話を聞きに行くと、様々な事情があって騎士寮で育てられている女の子がいるとのこと。

この家から出られるなら、どんな方法でもいいと逃げるような気持ちだった。

しかし私は幼い頃、流行《はや》り病で亡くなってしまった妹がいる。

はじめてエルちゃんを見た時、超絶美少女でびっくり。

それと同時に亡くなった妹のことを思い出して、胸が締めつけられた。

ティナさんが仕事を辞める二週間前から、騎士寮に住み込みで、働くことになった。

私は……あの子に愛を注げるのだろうか。

＊　＊　＊

「俺の代わりに寝かしつけ係として担当になったモルパだ」

団長に紹介された彼は、うつむいたままこちらを見ない。この人、大丈夫かと心配になってしまう。

スッチよりもまだ若い十九歳の騎士だ。鍛えている最中なのか、体の線が他の騎士よりも少し細かった。

髪の毛が緑色で、ふわふわの天然パーマ。

前髪が長めであまり表情が見えない。

奥二重のまぶたで、瞳は深い緑。

「モルパ……です……」

「エルでしゅ」

キラキラな笑顔を見せるが彼は微笑んでくれなかった。

あれ？

もしかして、あまり乗り気じゃない？

「団長。……申し訳ありません。オレ、やはり子供の世話なんてできません……子供が嫌いなんです」

私の前ではっきりとそんなことを言う。

ちょっぴりショックで傷つく。

子供の目の前で子供が嫌いなんて、言わないでほしい。

団長はモルパの肩をポンポンと叩いた。

「騎士は強ければいいってもんじゃない。やさしさも愛情も大切だ」

「しかし、エルさんのお世話係をしたい人はたくさんいるじゃないですか。どうしてオレなんですか」

「苦手なものを克服《こくふく》してほしいからだ。嫌なものから逃げてはいけない」

モルパは浮かない表情を浮かべている。

私、どうしたらいいかわかんないよ。

今まで私のことを可愛いと言う人しか近くにいなかったけど、このパターンは、はじめて。

「ということで、早速今夜の当番は、モルパにお願いしようと思う」

「「え」」

私とモルパの声が重なってしまった。

二人の様子を見て団長が顎を触りながら考える。

「いきなりすぎたか？　ではなるべくエルと一緒に過ごしてもらって慣れてもらうことからはじめよう」

二人は部屋から出て行った。

どうしたら彼と仲よくなれるのだろう。

私なりに悩みながら頭を捻らせる。そこにティナが入ってきた。

「エルちゃん、どうしたの？」

「モルパが……」

「あぁ、子供が苦手だって言ってたわよね。でも、気にしないほうがいいわ。子供とか大人とか関係ない。人と人とのつながりだと思うの」

ティナ、めちゃくちゃいいこと言う。

「少しずつ慣れていってくれたらいいわね」

「しょうだね」


それから私はモルパと仲よくなるための作戦を考えた。

遊んだりお菓子を作ったり。共同作業が大切だと思うんだ。

どうしたらいいかなと、サタンライオンの友達ゼンに相談することにした。

部屋に遊びに来てもらって事情を説明する。

「ウォン《それは困ったね。お菓子作りはとてもいいと思う！　甘いものを一緒に食べたら仲よくなれそうな気がするよ》」

「だよねぇ」

「ウォン、ウォーン《あとは、一緒に出かけるのもいいかもしれない。あと彼が好きなものをリサーチするのも大事だと思うよ》」

「なるほどぉ！」

他の人が見ればただ吠えているだけにしか見えないかもしれないけど、私は彼の言葉が完璧に理解できる。

今ではこうしてたまに部屋に遊びに来てもらい、一緒におやつを食べたり、外で遊んだり。

子供の友達がいない私にとって大切な存在である。

やっぱり、ゼンに相談してよかった。自分の好きなものだけを押し付けるのではなく、モルパの興味あるものを教えてもらおう。

まずは取材開始だ！

ティナにお願いして、館内を一緒に歩いてもらうことにした。

騎士がトレーニングに励んでいる道場に向かう。

夏は外で練習をしていることが多いが、今は施設の中でやっているようだ。

筋肉質な男の人たちが汗を流していた。

大きな声を出して気合いを入れている人もいる。

それを見るだけで迫力がありすぎて、ちょっと怖気《おじけ》づいてしまいそうだけど、頑張ろう。

「あそこにいる人が、モルパさんの同期だよ」

違う班の人らしいが、話を聞いてみたい。

練習中に申し訳ないけど、中断して出てきてもらうことにした。

突然の私の登場にとても嬉しそうに瞳を輝かせている。

「エルちゃん、僕なんかに話してくれてありがとうございます！　本当は担当したいと思ってたんですが……ダメって言われてしまって」

彼のようなウエルカムな人だったらどんなに楽だっただろう。ついつい遠い目をしてしまう。

でも団長が考えてくれたことだから仕方がないよね。

「あのね、モルパのしゅきなもの、おしえて？」

「そうですね……。モルパはチーズが好きですよ」

チーズかぁ。

チーズを使ったお菓子を作るのもいいかもしれない。でも甘いのは大丈夫かな。

「あまいおかしはしゅき？」

「休憩時間にチョコレートとかいっぱい食べてたから、多分好きだと思いますよ？」

お菓子が好きならそれはよかった。少しは話が合うかもしれない。

その他にもいろんな人に聞いたけど、筋肉のトレーニングが好きだとか、格闘技を見るのが好きだとか、あまり参考にならなかった。


その日の夜、モルパも私の部屋で一緒に食事をすることになった。

「こんばんは」

「こ、こんばんわ」

ニッコリと笑顔を見せるけど目をそらされてしまう。

コミュニケーション能力が低すぎる！

いや、大人が相手だったら、もっとちゃんと会話ができるのかもしれない。

「夕食の準備をはじめますよ」

給仕係が入ってきてテーブルに料理を並べてくれる。

ティナも一緒に準備をしていた。

私を席に座らせてから、隣にティナが座る。

目の前にモルパが腰をかけた。気まずい空気が流れている。

今日の夜ご飯は、大好物のハンバーグ。

しかも、キャロットポタージュスープまでついている！

今日もいっぱい動いたから、お腹がペコペコだ。

「いただきまーす」

元気いっぱい言ってから、フォークを手に持つ。

私のハンバーグは、私が食べやすいように小さく丸めて焼かれている。

そのハンバーグに彼は視線を向けていた。

「エルちゃんが食べやすいように小さくしてもらってるんですよ」

「……そ、そうなんですか」

「子供って口も手も足も小さくてとっても可愛いんです」

ティナがやさしい声で話しかけるが、モルパはそれ以上会話を続けることなく黙りこんだ。

私は、お腹が空いていた。だから、あまり気にしないで食欲旺盛《おうせい》に食べていたけど、ふと彼のことが気になって視線を送る。

「……」

まるでお葬式のような暗さだ。これは空気を明るく変えなければいけないと、気を遣って話しかけることにした。

「モルパ、りっぱなきんにくだね」

「……あ、ありがとうございます」

「うんどう、がんばってるんだね。わたしも、まほうのれんしゅう、がんばってりゅのっ」

「そ、そうですか」

あーこりゃダメだ。

全然会話が続かない。

どうしたら心を開いてくれるのかな。なんで子供のことが苦手なんだろう。

そんなことを考えながら、私は話すことを諦めて食事を口に運んだ。

そうこうしているうちにディナーを食べ終わってしまった。

「おいちかったね」

「ええ……」

「こんどいっしょに、おかしちゅくろう」

「お菓子……ですか？　……はい」

私と彼のやり取りを聞いて、ティナが口に手を当てて笑っていた。

「なんでわらうにょ？」

「早く仲よしになれるといいわね」

こんなに嫌われていても、なんとかして仲よくなりたいと思ってしまう。

次の日、魔法の練習が終わって部屋に帰ってくると、団長が現れた。

「エル、ことりカフェの内装工事が順調に進んでいる。そろそろおやつのレシピを考えてほしいんだが」

「いいよー！」

楽しいことが待っていそうで、気持ちがワクワクしてきた。

早速、調理場を担当しているミュールに会いに行くことにした。

彼女の部屋に入るのは、はじめて。

ここに住み込みで働いているらしい。てっきり通っているのかと思っていた。

「エルちゃん、ようこそ」

いつも調理で会う時は、帽子をかぶってパティシエみたいな格好をしているけど、今日は普段のワンピースを着ていた。

こうして見ると普通のお姉さんという感じがする。

お部屋の中はピンク色の家具で揃えられていて、ここが男ばかりが住んでいる騎士寮の中にあるとは思えないような空間だった。

壁際には、お菓子のレシピの本がびっしり並んでいる。

その一方で、可愛らしいタンスやメイク道具も置かれていた。

「かわいいおへやだね」

「ありがとう。エルちゃんの可愛らしさには負けちゃうけどね」

そんなに広い部屋ではないが、雰囲気がいい。

この部屋はお菓子の国に迷い込んだみたく、なんとなく甘い香りがする気が……。

鼻をくんくんと動かして辺りを見渡すと、テーブルの上にはたくさんのお菓子が置かれていた。

「おやちゅーーーー」

「うふふ、レシピを考える時は、やっぱり甘いものを食べながらじゃないとね！」

「だよねー！」

私たちのやり取りを見てティナが苦笑いをしている。

もしかして虫歯ができてしまうとか、そういうことを心配しているのかもしれない。

早速椅子に腰をかけてテーブルの上を見ると、クッキーやケーキ、シュークリーム、カラフルで美味しそうなお菓子がたくさん並んでいた。

レシピなんて考えるどころじゃない。

何から食べようか、そのことばかりが頭の中を駆け巡る。

「エルちゃん、よだれが出てるよ」

ミュールに言われてふと我に返り、恥ずかしくて頬が熱くなった。

「このケーキ、人参が入っているの。オレンジで可愛らしい見た目でしょ？　ちょっと食べてみて」

「うんっ」

早速フォークを持って、食べようとしたけど大きいので口まで運べない。ティナが一口に切り分けてくれて口の中にポンと入れた。

噛めば噛むほど人参の味がしてそれが甘くてとても美味しい。私は感動のあまり、目を大きく見開く。

「しゅごくおいちい！！」

真剣に食べ進める。

ん〜、たまらない。ほっぺたが落ちそうだ。

食べ過ぎて、お腹いっぱいになった。

食べることに夢中になって、レシピのことをしっかりと考えていなかった。

ちょっと眠くなってしまう。

「エルちゃんまさか寝てるの？」

ミユールが手をひらひらさせていた。

「あ、いしきうしなってた」

やさしい笑顔を向けられた。

これじゃいけないと思って頭を振って目を覚ます。

「無理しなくていいのよ」

「うん、どんなおやつがいい？」

「カフェを開くとなると大勢の人が来ると思うから、簡単に作れるものがいいわね」

「しょーだね」

この国で比較的手に入りやすいのは卵。

魔法石とか使えば冷蔵庫もキンキンに冷えるから、アイスクリームとかも作れるかも。

調理場には攪拌機《かくはんき》もあったはず。

暑い時期はシェークもいいかも。

「バナナをこおらせて、アイスクリームと、みるくをまぜたじゅーすは？」

「美味しそうね！　バナナを凍らせるなんて思いつかなかったわ」

ミュールが私の意見を聞いて嬉しそうに頷いてくれる。

「季節によってフルーツを変えてもいいかもしれないわね」

「シェークってなまえ、どうかにゃ？」

「ついつい、注文したくなりそう！」

想像しながら話をしてると楽しくなってくる。

やっぱり甘いものはテンションが上がりやすい。

「あとは、甘いのが苦手な人がいるから、コーヒーとか紅茶を出すのも考えたほうがいいかもしれないわ」

「クレープもいいかにゃ？　あまいのとしょっぱいのとちゅくる」

「何それ？」

「きじを、うしゅくやいてつつむの」

「へぇ、美味しそうね」

楽しく会話しているとあっという間に時間が過ぎた。


そして、二日後。

試作品を作ることになり、私も調理場に行くことになった。

私という存在に慣れてもらうために、今日はモルパも一緒にお菓子を作ることになった。

「おはよう」

「おはようございます」

朝食を食べ終えた頃、迎えに来てくれたけど今日も浮かない顔をしている。

ティナは結婚するにあたって様々な準備があるので、今日は一緒に来ないようだ。なおさら緊張してしまう。

「いってらっしゃい」

「いってきまーしゅ」

ティナに見送られて、歩き出した。

モルパと手をつないで歩いているけど、まったく会話はない。

そのうち疲れてきて、足がもつれてくる。

立ち止まった私にモルパは視線を向けてきた。

「……抱っこして行きましょうか？」

「うん」

これから調理をしなきゃいけないし、体力を消耗してしまいそうだからお言葉に甘えて抱っこしてもらうことにした。

長い腕が伸びてきて私のことを抱きかかえる。

落ちないように、しっかりと彼の首につかまった。

体の線が細いように見えるけど、こうして触れてみるとすごくがっちりとした身体をしている。いつも鍛えているから強い体になっているのだろう。

「モルパ」

「……はい」

「なんでもにゃい」

何か会話をしてみようと思ったけど、やっぱり話題が見つからなくて困る。

他の騎士には父親のように素直に甘えることができるのに。モルパは私のことをやっぱり苦手としているのが伝わってきた。


調理場に到着すると、厨房内をバタバタと走り回っている人や、包丁で野菜をものすごいスピードで切っている人がいた。

ちょうど昼食の準備をしていて、忙しそうだった。

申し訳ないと思いつつ、こちらもレシピを考えなければいけない。

スペースを少し貸してもらい、ミュールと作る。

「じゃあ、今日は甘いクレープを作りたいと思うんだけど、おすすめの作り方があったら教えてほしいの」

「まさか。作り方を教えろなんて……！　まだ三歳ですよ？」

モルパが信じられたいというような声を出した。

たしかに普通の三歳の子供だったら、レシピを伝えることは難しいかもしれない。

でも、私には特別なスキルがあるんだもん。

だけど、人には言うことができないので、とにかく笑顔を浮かべてごまかす。

「モルパさん、それがエルちゃんは特別な子供なの。一流パティシエかと思うほど、すごいレシピが思い浮かぶんですよ」

思いつくわけではなくて、頭の中にパソコンの画面みたいなのが出てきて、キーワードを検索するとレシピが見えてくるのだ。

女神様が与えてくれた私の特別なスキル。

美味しいお菓子と動物に好かれたら、それで幸せだと思ってたんだけど、人生はお菓子のようには甘くはない。こちらの世界ではたった三年しか生きていないけど、面倒だなとか悲しいなって思ったことはたくさんあった。

でも、そういうことを乗り越えるからこそ人として成長していけるのかも！

こんなふうに思えるようになったってことは私も少しは成長したのかな？

頭の中でクレープを検索してみる。

日本にいた頃は、ホットケーキミックスとか使ったけど、なくても作れるのかな。

ふむふむ。

牛乳と薄力粉、砂糖、卵、油があれば作れそうだ！

焼き方にコツが必要だね。

薄く焼いて破れないようにしなきゃ。

これに生クリームやジャムをトッピングしたらすごく美味しそう。季節のフルーツを使うのもいいかもしれない。

「あのね、はくりきこ、さとう、ときたまごいれて、まぜりゅの」

頭に浮かんだことを伝えていく。

「オッケー」

「そして、ミルクをしゅこしじゅついれて、まぜまぜ」

クレープ、日本人だった頃に食べた時はすごく美味しかった。

きっとこちらの世界の人の口にも合うはずだ。

「モルパ、てちゅだって」

「ええ、はい」

「まぜりゅの」

「こう、ですか?」

「そうそう、じょうじゅ」

私が褒めると彼は少しだけ頬を染めた。しかしあまり表情が変わらない。

そこにミュールが近づいてきて、見ている。

「あら、本当に上手ね」

「ありがとうございます。小さい頃母と一緒にお菓子作りをしていたことがあるんです」

「なるほどね。だから手際《てぎわ》がいいのね」

あれ、ミュールには愛想がいいように見えるけど気のせい?

ちょっぴり嫉妬してしまう。

生地がしっかりと混ぜられて、フライパンで焼くことになった。

「すこしきじをねかせたほうがいいんだよ」

「そうなの？」

「ねかせたほうがなじんで、きじののびがよくなりゅの」

「なるほどね！　よくそんなこと知ってるのね」

「あ、うん……」

頭の中にパソコンの画面が浮かんでるなんて言えないので、曖昧《あいまい》に頷いた。

「今は時間がないから仕方がないか。じゃあ、焼いてみるわよ」

ミュールが破れないように緊張しながら慎重に焼いていく。

すぐに片面が焼けて、素早くひっくり返す。

香ばしい匂いが漂ってきてとても美味しそうだ。

トッピングにはイチゴジャムを使うことにした。

焼きあがったクレープ生地に、イチゴジャムと生クリームをかけて……。

「ほんとうはつつむの」

「へぇーどうやって」

手で持つのもいいけど、今日はお皿で食べるように半分にしただけ。それでも、可愛い！

「見た目も大切よね～」

出来上がったので、ミュールとモルパと三人で試食することに。

調理場のすぐ隣にある休憩室にお邪魔させてもらう。そんなに広い空間ではないけどテーブルとイスが置かれていた。

ミュールが一人ずつお皿においてくれた。

フォークを持たされて、なんとか自分で食べようと思うけど、大きくて食べにくい。

切り分けることはまだ自分ではできない。

モルパは自分が食べようとしている手を止めて、私のフォークを手に持ち一口サイズに切り分けてくれた。

「あーん……」

まさか食べさせてくれると思わず、驚いてまぶたをパチパチとさせる。

すると彼の頬がどんどんと真っ赤に染まっていて、りんごみたいな色になった。

「食べないのですか？」

「たべりゅ。あーーーーーーーん」

甘えさせてくれたことが嬉しくて、思いっきり大きな口を開けた。

口の中に入ってきたクレープは生地がもっちりとしていて、甘くてとても美味しい。イチゴのジャムと生クリームが絡み合い、さらに美味しさが引き立つ。

「おいちぃ」

きっと私の瞳はキラキラと輝いているだろう。

ニッコリと笑うと彼は目をそらして、自分の分を食べはじめた。

「本当に美味しい！　この食感がたまらないわね。例えるなら……赤ちゃんのほっぺたみたい」

ミュールが嬉しそうに笑っている。

「団長にも後で召し上がっていただきましょう」

「うん！」

これならきっと団長も褒めてくれるに違いない。

「ジャムとか生クリームも合うけど、ウインナーとかハムとかのせても美味しいかもね。それなら甘いのが苦手な人も一緒に食べることができるし」

「うん！」

商売をするわけでもないから、材料費とかそんなに考えなくてもいい。色んな食べ物を入れて試してみるのもありかも。

とにかくサタンライオンの施設を充実させて、みなさんに楽しんでもらうのが目的である。

紙に思いついたアイディアを書いているミュールを見ていると、お腹もいっぱいになったしだんだんと眠くなってきてしまった。
まぶたが落ちてくる。
手をグーにして目をゴシゴシと擦った。
「眠たいのですか？」
「うん」
誰かにくっついて安心した気持ちで少しお昼寝したくなってくる。
眠くなると人肌恋しくなるのはまだまだ私が子供の証拠なのかもしれない。
隣に座っているモルパに体重を預けた。
最初彼は戸惑っているようだったけど、そっと背中に手を当てた。
そしてやさしく、リズムを刻むようにポンポンと背中を叩いてくれた。
気持ちよくなってきてそのまま私の意識は深いところに落ちていく。

＊モルパ

たしかあれは十歳頃の話だ。
友人に弟が生まれたからといってお祝いに行き、赤ん坊を見せてもらった。
すごく愛想のいい子供でみんなに笑みを振りまいていたのに、オレの顔を見た途端大泣きされてしまったのだ。

そこで少し子供がダメになった。

もっと苦手になったのは、それから二年後。

両親とともに街へ買い物に行った時、迷子になっている女児がいた。

親とはぐれてしまった恐怖からか、彼女は大きな声で泣き叫んでいる。

どんなに慰めてもあやしても言うことを聞いてくれず、鼓膜が破れてしまうのではないかと思うほどのボリュームで号泣していた。

まるで怪獣だ。

子供というのは感情のコントロールができない。

意思の疎通ができない生き物。

小さくて可愛いらしいけど、可愛いよりもどうやって接したらいいのかわからず、それから苦手意識が強くなってしまった。

そんなオレがエルのお世話係になってしまうなんて。

どうしてこんなについていないことになってしまうのかと、頭を抱える日々だった。

団長には、日頃から苦手なものをなくしておく訓練をしなさいと言われている。

騎士として、どんなことにも対応できる人間にならなければいけないのだ。

そして自分は、子供が苦手だということを伝えてあった。だからさすがにエルのお世話係にはならないと思っていたのに。

みんなが彼女のことを可愛らしいと言い、お世話係を希望していた。

遠くから見るぶんには愛らしいと思うが。

やっぱり目の前にすると、どうやって接していいのかわからない。

ところが彼女は今までの子供とちょっと違う気がした。

すごく気を遣ってくれるのだ。

幼いながらに会話をしようとしてくれて、ありがたい。

今日は一緒にお菓子を作ることになった。

こんな小さな子供にレシピを聞いて何になるんだと思ったが、彼女のアイディアはすごかった。

しかも、出来上がったクレープというおやつは絶品だ。

すごい子供である。

しかもクレープというネーミングも素晴らしい。

本当に三歳なのかと疑いたくなってしまう。

……が、どう見ても三歳だ。

エルの指示で見事なおやつが完成した。

早速調理人の休憩室で味見をすることになった。

食べづらそうにしているのを見て、ここは助けてあげなければと、子供が苦手だが手助けをした。

自分には子供に対する愛情がわからない。

しかし、食べさせてあげたいと思った。

「あーん……」

オレのキャラクターじゃないと驚いているのだろうか。

きょとんとしてこちらを見ている。せっかく勇気を出してしたのに恥ずかしくて仕方がない。

「食べないのですか？」

エルは、ニッコリと笑った。

「たべりゅ。あーーーーーーん」

思いっきり大きな口を開けている。

胸の辺りが熱くなってきた。心臓の鼓動が少し速くなっている。

これは、もしかして、エルを可愛いと思いはじめているのかもしれない。

認めたくないが……。

認めたくないのだが！

エルは、ものすごく可愛い。

「おいちぃ」

あまりにもキラキラとした瞳でこちらを見てニッコリ笑うので、これ以上視線が合っていたら沼に落ちてしまうと思い目をそらした。

その後は自分でフォークを使って食べながら、ミュールとアイディアを口にしている。

三歳とは思えないほどすごいなと感心しながら聞いていた。

だんだんと口数が少なくなってきたエルを見ると、大きな口を開けてあくびをし、手をグーにして目をゴシゴシと擦っている。

「眠たいのですか？」

「うん」

そして、体重をオレに預けてきた。

突然のことで驚き、こういう場合はどうすればいいのか悩む。

もっとしっかり育児に関する本を読んで勉強しておけばよかった。

わからないがそっと背中に手を当ててリズムを刻むようにポンポンと背中を叩く。

エルは気持ちよくなってきたのか、そのまま深い眠りについた。

「寝ちゃいましたか？」

「ええ」

ミュールの質問に静かな声で返事をして、エルを見る。

瞳を閉じるとまつ毛が長いのが強調されていた。

本当に可愛い顔をして寝ている。

唇が半開きになっているところがまた可愛い。よだれが垂れている。そっとハンカチで拭いてやる。

思わず微笑んでしまう。

「モルパさん、お父さんみたいな顔してる」

「え？」

まさか自分にそんな気持ちが芽生えてくるとは思わなかった。

エルはすっかり甘えて安心して眠っている。

この小さな命を、自分の命を懸けてでも、守っていきたいと思った。

4　とてもカラフルになりました

三月になり雪解《ど》けが進んできた。

散歩すると、そこから土が顔を覗かせていて春だなと感じる今日この頃。

裏庭には、可愛くない色のサタンライオンの棲家《すみか》がある。茶色とかグレーとかそんな感じなので殺風景だ。

木材と石を使って作られている家だから仕方ないのかもしれないけど、せっかく住むならもっと可愛い色だったらテンションが上がるのに。

自分の部屋の窓から外を眺めて、そんなことを思っていた。

やけに静かだなと思って振り返ると、部屋の中でペットたちは丸まって眠っている。

私も眠くなってきた。一緒にお昼寝しちゃおうかな。

窓のほうにもう一度振り返る。

楽しみなのは、ことりカフェだ。あと少しで内装工事が完成する。

ちょうどここから大工さんたちが一生懸命、工事をしている様子が見えるのだ。

その横には小さいながらも、回転木馬とロープを吊るし上げたブランコのような遊具が準備されていた。

クレープの試作も無事に終わり、団長に出した企画書も通ったそうだ。

シェークはまだ時間がなくて作れていないから、まずはクレープとコーヒーと紅茶、ジュースが飲めることりカフェになりそう。

クレープメインのことりカフェっていうのも、いい感じかも！

ときめきながら想像を働かせる。

するとドアがノックされて部屋に入ってきたのは騎士団長だった。

「だんちょー」

彼に向かっておぼつかない足取りで走っていく。

団長はしゃがんで長い腕を出して私を抱きしめてくれた。

「エル、走ったら危ないぞ」

注意するような口調だけど、顔は笑っていて本当に私のことが可愛くて仕方がないというような表情を向けてくれている。

「どうちたの？」

「前にエルがサタンライオンのお家があまり可愛くないって言ってただろ？　だから、せめてことりカフェぐらいは可愛い色にしたいなと思ったんだ。どんな感じがいいか相談しに来た」

「おぉ！」

私の嘆《なげ》きをちゃんと聞いてくれていたことに胸が熱くなる。

「いいね！　かわいくしよ」

団長の手を引っ張ってテーブルの前に来てもらった。

そして、彼の膝の上に乗る。

「エル、大きくなったな」

「うん！　もうさんしゃいだもん」

捨てられた赤ちゃんだったけど、大事に育ててもらってここまで大きくなれた。

感謝で胸がジーンと熱くなった。

「絵、描いて見せてくれるか？」

「いーよ」

いつも近くに置いてある紙とペン。それで絵を描いていく。

「ピンクとぉ～、きいろとぉ～、みじゅいろ」

「ずいぶんカラフルだな。これだと、目がチカチカしてしまうんじゃないか？」

あははと笑って大きな手の平で私の頭をポンポンと叩く。

手のひらの重みが頭の上に乗っかってきて、すごく嬉しい。

甘えたい気持ちになって、どんどんとペンを滑らせる。

日本人だった頃もそんなに上手じゃなかったけど、三歳の手で描いた絵はなんとも言えない味があるものに仕上がった。

屋根はオレンジ。

壁はピンク。

しかも壁にはチューリップの絵。

ドアが水色。

窓枠は緑。

たしかに目がチカチカするかもしれない。

でもすごく可愛いと思う！

「みんな、たのしくなるような、カフェがいいの」

「エルはいつもみんなのことを考えてくれている。本当にありがとう」

団長と楽しく話をしていると、ドアがノックされた。誰だろうと思って振り返るとモルパだ。

「エル、時間ができたから一緒に絵を……」

そう言いかけて団長の膝の上に乗って、楽しくお絵描きしている私の姿を見て、口を閉じた。

「あっ！　モルパ」

「……騎士団長いらっしゃってたんですね」

「あぁ、相談事があって」

「……そうでしたか。オレは失礼します」

「まって」

一緒にいてとお願いしたかったのに彼は踵《きびす》を返していなくなってしまった。どうしたんだろう。

せっかく少し仲よくなれたと思ったのに。

「エル、デザインが決定したらまたくるから」

「うん、バイバーイ」

＊サシュ

エルの部屋から出て俺はモルパの部屋へ向かう。

あんなに子供が嫌いだと言っていたのに、先ほどは明らかに嫉妬している表情だった。

エルと一緒に過ごすことで、子供の可愛らしさに目覚めたのかもしれない。それはすごく喜ばしいことだ。

それと同時に、俺はもうすぐここから出ていくのだと改めて思った。

愛する人と結婚をして家庭を持つことは、男として幸せな道を歩いている。しかし、エルと離れて暮らすのはやはり切ない。

先ほど膝の上に乗せて一緒に絵を描いていた時も可愛くて仕方がなかった。

いつも「だんちょー」と懐いてくれて、嬉しい。

モルパの部屋に到着しノックをする。

中から声が聞こえてきたので扉を開けて入った。

突然の俺の登場に驚いて立ち上がっている。

「お疲れ様です」

「お疲れ」

「何かありましたか？」

俺は椅子にドカッと腰をかけてモルパの顔をじっと見つめた。

「エルのこと、可愛くなってきただろ？」

急に彼は真っ赤に顔を染めて、恥ずかしそうに一つ頷いた。

「それでいいんだ。あの子は実の親に捨てられた可哀想な子だ。だからこそ、俺たちが愛情をかけて接していかないといけない。王族の血も流れているから、修道院に入れるわけにもいかないしな。彼女はどんな未来を辿ることになるのだろうか。時折心配になるが、今、俺たちにできることは大事に育てていくことしかないと思う」

「はい……。愛情を注ぎたいと思います」

その気持ちを聞いて俺は安心した。モルパになら、エルを任せても大丈夫だ。

立ち上がってモルパの肩をポンポンと叩いた。

「頼んだぞ」

寂しい気持ちもあるが頼もしいと思いながら部屋を出た。

＊＊＊

ついにことりカフェの内装が完成した。これから建物の外側を塗り直していく作業があるらしい。

デザインはなんと私が考えたものが採用されてしまった。

大丈夫かなと心配だったけど、きっと楽しい建物になると思う。

今日は壁に色を塗っていくそうで、私も見学をしたいと申し出た。

団長とモルパとティナが一緒についてきてくれることに。

外はかなり暖かくなってきたので、防寒しなくても大丈夫。薄いドレスと上着を着せてもらっただけで十分あったかい。

建物に近づくと、ルーレイとジュリアンがいた。サタンライオンの友達ゼンも近づいてくる。

「ウォーン」

「カフェができりゅのたのちみだって」

壁は土で固められているので、今の状態では寂しい感じがする。こちらの世界でも染料はあるみたいだけど、発色が悪いみたい。

「そこで今回は時間もないから、特別に色づけが得意な魔術師に来てもらった」

ルーレイが紹介してくれた人らしい。

「よろしくお願いしまする」

カラフルな衣装に身をまとった、年配の女性だ。

顔を見ていると左右の瞳の色が違った。

片方は赤で片方は青。

髪の毛には、メッシュが入っていて、とてもカラフルだ。色が大好きな人なのだと思った。

「わたくしは色が大好きでする。色をつける魔法を専門に研究していたのでする。緊張してまするが、頑張りまする」

「彼女の作品を見たことあるけど、本当にすごいよ」

ルーレイが楽しそうに言っている。

私も期待に胸を膨らませながらその様子を見学させてもらうことにした。

「では参ります！」

手のひらを壁にかざし、呪文を唱えている。

「色の神よ、我に力を与えたまえ！」

力強い声で言うと壁があっという間にピンク色になった。

「しゅごーーーい！」

パチパチパチパチパチパチ。

私は興奮して手が痛くなるほど強く拍手を送った。

「さすがね」

ルーレイもジュリアンも羨望の眼差しを向けている。

モルパは魔法のすごさに驚いているようだった。

「はぁーっ！」

雄叫びを上げると今度は屋根がオレンジ色になる。

続いて窓枠が緑になった。

ドアは水色。

すごくカラフルで可愛らしい！

「そこの小さな女の子。あなたからは強い魔力を感じまする」

「えっ……」

全員の視線が私に集まった。

彼女はいきなり何を言い出すのだろう。ドキドキしながら唾《つば》をごくりと飲み込んだ。

「壁にチューリップの絵を、魔法で描いてみては？」

「わ、わたしが……でしゅか？」

そんな高度な魔法が使えるか、自信がない。

だけど私が壁にチューリップを描いたとサタンライオンたちが聞いたら、きっと喜んでくれる。

彼らのそんな表情を想像すると勇気が湧いてきた。

「しっぱいしたら、ごめんね」

魔術師の女性は静かに頷いた。

「失敗したら、修正しまする。だから安心しておやりなさい」

「あい」

今まで習ってきた魔法の練習を思い出し集中させる。

魔法のコントロールがかなりできるようになってきたので、周りに人がいても危険ではない。

しかし、念のため離れて見てもらうことにした。

ルーレイとジュリアンが何かあった時には、すぐフォローできるよう、すぐ後ろにいてくれる。魔法の先生たちがそばにいてくれたら安心だ。

意識を集中させる。

「かわいい……チューリップ……はーっ」

手からビームが出て、あっという間にチューリップが壁に一つ描かれた。

だけどすごく小さくて子供が描いたってすぐにわかる、アンバランスなチューリップだ。

私は落ち込んでうなだれてしまった。

「上出来」

色の魔術師が褒めてくれたので思わず顔をあげると、柔らかな笑みを浮かべてくれた。

だけどこんなに下手くそな絵……みんなに見られたらすっごく恥ずかしい。

「けして」

「いいえ」

「だって……へただもん」

「そんなこともありませんよ。みなのためを思って描かれた。素晴らしいですする」

「……しょうかな」

周りにいる全員がやさしい目で頷いてくれている。

「心こそ大切でする」

「しょっか」

ちょっと照れちゃうけど、この絵はこのまま残しといてもらおう。

その後、残りのところは女性魔術師が綺麗に魔法を使って描いてくれた。

「あとは内装を整えると完成だ」

「わぁ、たのちみ」

サービスということで、メリーゴーラウンドや遊具にも色を塗ってくれた。とてもカラフルですごくファンシーな空間になってテンションが上がる。

サタンライオンが喜んでくれそうで楽しみだ。

＊　＊　＊

それから数日後。

待ちに待ったことりカフェとミニ遊園地がオープンした。

カフェでは調理場のスタッフが日替わりで担当してクレープを作ってくれるらしい。

初日の担当はミュールだ。

まずは彼女が仕事の段取りを覚えて、他の人たちにも教えていくようだ。

私は小鳥さんたちにお願いをして、昼間の時間に遊びに来てほしいと言っておいた。

《エルちゃんのお願いなら了解だよ！》

快く引き受けてくれた。

オープン当日。

初日なのでレシピの確認もあり、私は店内で指導をさせてもらうため、朝早くから出勤。

日本人だった頃を思い出す。

朝起きるのが苦手で出勤するのが辛かったなぁ。

シフト制だったから遅番をなるべく多くしてもらってたけど、事故に遭った日は、たまたま早番の日だったんだよね。嫌な記憶だけど、こちらの世界では幸せを感じてばかりだけどね。

まだメニューはクレープ一種類しかない。余裕が出てきたら新しいメニューの開発もしてほしいと言われている。

店に到着すると、ミュールが生地を焼いているところだった。

「おはよう」

「エルちゃん、おはよう！」

とても美味しそうな甘い香りが漂っている。

甘いのが苦手な人にしょっぱいのを開発しなければいけない。結構やることがあって大忙しだ。

「こんな感じよ。味見してくれる?」

「うん!」

お皿に綺麗に盛り付けられたクレープを、ティナが切って食べさせてくれた。

「おいちい! かんぺき」

「よかったわ」

これならサタンライオンのみなさんもきっと喜んでくれるはず。

「ピッピッピ」

小窓から、小鳥さんたちが出勤してきた。

店内には小鳥さんがくつろげるような止まり木があるスペースもある。

店の外にも止まり木が設置されていた。

窓から外を覗けば小鳥さんを眺めながらくつろぐこともできるのだ。

「さ、オープンするよ」

ミュールの声が店内に響く。

待ちに待ったオープンの日がやってきたのだ。

店の外には長い行列ができていた。

扉を開き木のプレートを『オープン』にすると、あっという間に店内は満席になってしまった。

サタンライオンと人間では会話ができない。

なので、あらかじめメニュー表を作っておいて、注文は指を指して行う。

例えばクレープ三つが欲しければ、クレープのイラストに指をさして、指を三本立てればいい。

サタンライオンは元々は人間だった。獣人研究家のマーチンおじいちゃんがこんなことを言ってた。

『獣人は悪さをしない。この世界を支配しようとした悪魔が魔法をかけた存在である。五つの宝石を集めてから、呪文を唱えると呪いは解ける。この世に選ばれた者が唱えた呪文のみが有効だ』

ライオンみたいな姿になっているけど、元々は人間だったようだから、言葉の意味はわかるのだ。

運ばれてきたクレープを食べながらニコニコしているサタンライオンや、小鳥さんと遊んで楽しそうにしているサタンライオン。

各々の楽しみ方でリラックスしてくれているようだ。

この空間を見ていると、ことりカフェをオープンできたことが感慨深かった。

ことりカフェを出ると遊具が置かれている。子供たちはメリーゴーラウンドに興味津々で、順番待ちをしていた。

ロープにぶら下がって遊んでいる子や、木の枝にロープをつけてブランコみたくなっている遊具もある。

魔法石で電動で動いているのはメリーゴーラウンドだけだけど、すごく華やかな空間が広がっていた。

私も今度乗せてもらおう！

店内に戻ってくると……。

「ウォン」

ゼンの家族がやってくる。

「いらっしゃいませ！」

私が元気よく出迎えると、ゼンは満面の笑みを浮かべた。

「ウォーーーン。《ついにカフェができたんだな。今まで準備お疲れ様》」

「わたしは、なにもしてないよ」

《魔法でこの建物の色をつけてくれたんだろう？》

「しょれは、まじゅつしさん。わたしは……」

《あのチューリップの絵、温かみがあってすごく俺は好きだよ》

まさかそんなこと言ってくれると思わず頬が熱くなった。

ゼンったら、めちゃくちゃやさしい。

「たべてね」

家族三人分のクレープと紅茶を用意してあげることになった。

サタンライオンは王宮の敷地内で暮らしていて今はお金がかせげない。ただ働きたいという人が多く、敷地内の雑草を取ったり、木を切ったりする仕事を手伝ってくれている。

その時に対価として銅貨を渡しているそうだ。

ここのクレープはタダで提供されているが、その銅貨を置いていこうとするサタンライオンが多いそうだ。

「いただくなと言われているので……」

断るミュールも大変そうだった。

十三時から十五時まで、二時間だけのことりカフェだが、大成功で終わった。

「お疲れ様でした！」

「おちゅかれさまでした」

冷たいりんごジュースでお疲れ様会をする。

ミュールはクレープの作り方も完璧に覚えたようなので、明日からは私はここに来ることはない。どちらかと言うとお客さんとして遊びに来る感じかも。

「サタンライオンのみなさんにクレープ好評だったわね」

喜んで食べている姿を思い出したら、こちらまで嬉しくなってきた。やっぱりみんなが楽しそうにしている姿っていいな。

「エルのおかげだ」

最後に見学に来ていた騎士団長が褒めてくれた。

「うん！」

私は嬉しくて満面の笑みを浮かべたのだった。

5　やっぱり泣かないなんて無理でした

二週間後に、団長とティナの結婚式が行われる。

いよいよ、お別れの日が近づいてきたと思うと切ない。

でも二人がここから出ていく時は、笑顔で見送ろうと決めている。

明るい気持ちで送り出したい。

そして今日から私の新しいお世話係アイレットがやってきた。

基本的には私の世話をするのだが、寮母としても働くらしい。

「お久しぶりです」

「……お、おひしぶり」

テンションの高い彼女に、うちのペットの犬たちが嬉しそうに尻尾をワサワサと振ってまとわりついている。

新しい人が来ると物珍しくて、もしかしたら遊んでくれるかもしれないと喜んでしまうのだ。

そのままアイレットは倒されてしまった。

そして犬たちが彼女の顔をペロペロと思い思いに舐める。

「ひゃあ、うふふっ、くすぐったいわ」

これは彼らなりの歓迎の挨拶なのだ。

「こりゃ、みんな、ストーップ!」

私が大きな声を出して止めると、やっと落ち着きを取り戻してくれた。

「ということで改めて今日からお世話になります。アイレットと申します。よろしくお願いします」

アイレットが頭を深く下げてきたので私も頭を下げた。

「おねがいしましゅ」

「エルちゃんは七時頃に起きるの。お手洗いを済ませてから、洗面と歯磨き。着替えを済ませてから朝食が運ばれてきて部屋で食べるの」

ティナが一日の流れを説明すると、アイレットは真剣な顔つきでメモしていく。

魔法の練習をする日や、ダンスレッスンをする日がある。

午後からはお散歩に出かけることがあって、三時はおやつタイム。

お昼寝をして、夕食は自分の部屋で食べる。

そのあとお風呂に入れてもらって、夜は騎士と寝る。

こんな感じ。

たまにお出かけして、お買い物をさせてもらったり、美術品を見せてもらったり、演劇に連れて行ってもらったり。

外に出かける時は琥珀色の瞳は見られてはいけないので、魔法で目の色を変えてもらっている。

「スケジュール、ぎっしり詰まっているんですね」

「ええ。そうなの」

私は魔法の練習をしないでのんびりお菓子を食べながら過ごしていたいんだけど……。

王族の血も流れているそうなので、ダンスレッスンとかも必須なんだろう。

これが私の運命なのかもしれないから仕方がないよね。


今日はワンコたちと庭で遊ぶ。

子犬が思いっきり動けるように、ドッグランのような場所を作ってくれた。見えないように周りを囲ってくれているのだ。

それなら安心して走らせることができる。

「しょれー」

私がボールを投げると、我先にと犬たちが走っていく。今、一番早かったのは、ドレだ。ボールをくわえたままハァハァと呼吸を荒くしながら瞳を輝かせて戻ってきた。

「よしよし」

頭を撫でてあげると嬉しそうに尻尾を振った。

何度かボールを投げて遊んでいたけど、だんだん楽しくなってきて私も走りたくなってきた。

でも、三歳児はまだ手足が短いのでバランスが悪い。

そんなことを忘れてついつい走り回る。

「まてぇ〜」

するとワンコたちも楽しそうにかけっこするのだ。

そして足が草むらに引っかかってしまい盛大に転んだ。大して痛くないのに驚いて涙が溢れてくる。

「えーーーーーーーん」

ワンコたちは慌ててやってきて顔をペロペロ舐めてくる。

ティナが駆け寄ってきて、私のことを抱きしめた。

「あらら大変」

怪我をしていないか全身を確認して、安心させるように抱きしめてくれた。そのうちにだんだんと気持ちが落ち着いてきて、後先考えずにまた走ってしまったと反省するのだ。

こんなことの繰り返しで嫌になってしまう。

でもこれが子供なのかもしれない。

泣き止んだ私が視線を動かすと、アイレットが冷めた瞳でこちらを見ていた。

……そんな気がするけど、気のせいだろうか？

夕食になり、お腹がペコペコ。

さっきから、グーグー鳴っている。

アイレットとティナと、今日はスッチも同席してくれるらしい。

大勢でご飯を食べたほうが楽しいよね！

私は楽しい気持ちで待っていた。

「こんばんは、スッチだよ」

「は、はじめまして」

アイレットは緊張しているようだ。

「そんなに緊張しないで。エル、若くてやさしいお姉さんが来てよかったね」

「うん！」

ティナがいなくなるのは寂しいけど、アイレットは明るい雰囲気の人だから、愉快に過ごせそうだ。

でもさっきワンコたちと遊んでいる時、冷たい目をしていたんだよね。あまり考えすぎないようにしよう。

食事が運ばれてきた。今日のメニューはオムレツ！　真っ赤なトマトソースが食欲をそそる。

「いただきましゅ」

スプーンを持って口に運ぶ。

トロトロとした卵が本当に美味しい。ソースはしっかり煮込んで作ったみたいで、コクと甘みがあって最高だ。

「エル、幸せそうな顔してるね」

スッチが私のこと可愛いという目で話しかけてくるけど、食べることに夢中になっていて無視してしまった。

それでも彼は動じないで、とろけるような表情を向けていた。

ティナは私が食べ物をポロポロこぼすと、さりげなく拾ってくれる。そして汚れた口や手をきれいに拭いてくれるのだ。

当たり前だと思っていたけど、これは当たり前じゃない。

私もちゃんと成長しなければと反省する。

でも美味しくてついつい夢中で食べているとまたこぼしてしまった。

今度はアイレットが拭いてくれる。

……が、ガシャーン！

なぜか彼女はバランスを崩して私の食事の上に突っ込んできた。せっかく食べていたのにすべて、床にこぼれてしまった。

「ぎゃあああああああ！　えーーーーーーーん」

大きな音と突然のことに驚いて私は大泣きしはじめる。

「きゃああああああ！　ごめんなさい！」

「わーーーーー！　落ち着いて」

スッチが大きな声で止めるけど、アイレットは動揺しすぎてあたふたしている。

わちゃわちゃとしている様子にワンコたちも驚いて、部屋の中を駆け出す。

そしていつもは絶対にやらないのに、テーブルの上にワンコたちが上がってきてしまったのだ。

ガシャン、ゴロン、ビシャ！

悲惨な状態になってしまって目もあてられない。

「エルちゃん、火傷《やけど》してない？」

ティナが急いで私の体のチェックをしてくれる。

「ティナーーーーーわぁあああああんっ」

大粒の涙を流しながら彼女に抱きついた。

ティナの衣類も汚れてしまうのに、そんなことも忘れて、大泣き。

「大丈夫よ。ちょっとびっくりしただけよね。今すぐに作り直してもらうから、お着替えをして待っていましょうね」

「……ひっく、うん」

ティナがあやしてくれて、気持ちがだんだんと落ち着いてくる。

食べ物をこぼされたぐらいで、私はなんでこんなに号泣していたのだろうか。

冷静になると恥ずかしい。

子供とはそういうものなのかもしれない。

頭脳は前世の記憶があって大人なのに、体は子供だから本能には逆らえないのだ。

椅子から下ろされてフィッティングルームに連れて行かれた。そして簡易ドレスに着替えさせてくれる。

「髪の毛とかにはついてないわね。食事が終わったらお風呂に入って綺麗にしましょう」

「うん。ティナ、ありがとう」

やさしく笑って頭を撫でてくれる。

そんな様子を陰から見ていたアイレットと目が合った。

「アイレット……？」

私に名前を呼ばれて彼女の肩がビクンと震えた。

そして意を決したように、こちらに近づいてきて、思いっきり頭を下げる。

「……ごめんなさい」

わざとじゃないのはわかるし、私もただ驚いて泣いただけだ。

ティナと比べてしまうが、まだ母親のようにはお世話できないのも仕方がない。

私はそんな彼女とこれから一緒に生活していかなければならないのだ。

やっぱり私ももっとちゃんと大人になって、こぼさないようにしなきゃ。

思い返してみれば、ティナに甘えっぱなしだったなと。

笑顔を向けて頭を左右に振る。

「きにしないで」

「ありがとうございます」

しんみりとした空気が流れている。

トントントンとドアがノックされる。

「食事が運ばれてきたよ」

重い空気を変えるように、扉の向こう側から、スッチの能天気な声が響いた。

そして、私たちはもう一度部屋に戻って食事をしたのだった。

無事にご飯を食べ終えてお風呂に入れてもらい、ティナが綺麗に洗ってくれて、私は寝巻きに着替えさせられた。

「これで眠る準備は万端」

ティナが私の寝る準備を終えてニッコリと笑った。

「じゃあ、おやすみ」

「おやしゅみぃ～」

ティナとアイレットが部屋から出て行く。

今日はアイレットがやってきて、初日だったけど色んなことがあった。

すぐに打ち解けるのは難しいかもしれないけど、お互いに心を開いていければいいなと思っている。

部屋で待っていると今日の担当のマルノスがやってくる。

「エル様」

「マルノス！」

最近新しい人が自分の周りを囲んでいるので、古くから知っている顔を見ると安心する。

両手を広げて私のことを抱きしめてくれた。

「新しいお世話係が来ていろいろあったそうですね」

「うん、ちょっとね」

「あはは、大人のような口調ですね。エル様、今日はお疲れでしょう。早めに休みましょうね」

「あい」

部屋の中にいるもふもふワンコたちも、環境が変わったせいか眠たそうに目を閉じている。

私も疲れて眠たい。

でも、マルノスと一緒に過ごせる大切な時間なので、もう少し起きていたい。

「マルノス、えほんよんで」

「まだ寝なくて大丈夫ですか？」

心配そうに顔を覗き込んでくる。

元気よく頷く私を見て彼は納得したように深く頷いた。

「読んでほしいものはどれですか？」

「これ」

両親と喧嘩したうさぎさん。

ある日突然、背中に翼が生えてきて、大空を飛んでいく。

はじめは空を飛べるのが楽しくて、何も考えずに自由に飛び回っていた。

空から見える景色も地上にいる時と全然違う。

そんな中、小鳥さんと仲よくなった。

ところが、その鳥さんは親鳥を探しているという。そして、一緒に探していくというストーリーだ。

最終的には両親が見つかり、家族仲よく暮らしている姿を見届ける。うさぎさんも自分の両親が心配しているかもと急いで戻って、両親の大切さを改めて実感してハッピーエンドだ。

親がいない私と重なる部分があって、お気に入りの一冊である。

マルノスの膝の上に乗せてもらい、絵本を開く。

「エル様はこのお話が大好きですね」

「ついつい、りょうしんのこと、かんがえちゃうの。さみしいっておもうの。だんちょーもいなくなっちゃうし」

深く考えずについそんなことを口にしてしまう。

無言になった彼のほうに顔をひねって確認すると、悲しそうな表情を浮かべていた。

私のことを強く抱きしめてくれる。

「寂しい思いをさせて申し訳ありません。まだまだ自分たちの愛情が足りないんですね。本当の親になることはできませんが、本当の親以上にエル様のことを愛しております」

マルノスのやさしさが伝わってきて泣きそうになる。

でもここで泣いたらもっと心配させてしまうので元気なふりをした。

「だんちょーとティナとおもいでいっぱいちゅくるの」

「ええ、とてもいいことだと思います」

そろそろ、お花がたくさん咲いてくる時期だ。

「おはなみしたい」

「それはいいですね。とても楽しそうです」

楽しい計画を立てていたら頭が冴《さ》えてきて眠れなくなってきた。お目目がぱっちりと開いている。

「エル様、そろそろ眠りましょう」

「……うん」

「大きくなってから寝るのが少し遅くなってきましたよね」

彼は苦笑いをしている。

そんな困ったマルノスの顔も大好きだ。

「もっとおはなししよう」

「エル様、睡眠はとても大切ですよ。健康にも美容にも」

「しょうなんだー」

私とマルノスのおしゃべりは、夜中まで続いたのだった。

＊＊＊

今日はみんなでお花見をする。

楽しみすぎて昨日は、眠ることができなかった。やっと眠れたと思ったのに朝も早く目が覚めてしまった。

朝まで一緒にいてくれたのは、ジークだ。

「う、重いっ」

「おーはーよー」

ジークにも早く起きてほしくて、彼の上に馬乗りになった。

私が元気いっぱい声を出したので、ワンコたちも喜んでワンワンと吠えている。

急に騒がしくなった朝に彼は驚いて目を覚ましたようだ。

「エル、もう起きたのか？」

「うん！」

「はやいでちゅね」

また朝から赤ちゃん言葉で話しかけられる。

私はうんざりして、ジークの上から降りようとすると長い腕で抱きしめられた。

「そんなにクールな瞳をしないでくれ」

「だって、あかちゃんことばなんだもん」

頬を膨らませるとジークは楽しそうに笑う。

早く起きて準備をしたいのに、彼は私のことをなかなか離してくれない。

可愛くて仕方がないのだろうけどいつまでも赤ちゃん扱いしないでほしい。

私だってもう立派な三歳なのだ。

「わかった。そんなに怒らないでくれ」

やっと私のことを解放した。

「もぉう」

「怒るなって」

ベッドから降ろしてくれた。

アイレットがティナと一緒に入ってきて着替えをさせてくれる。

朝食を食べて、急いで魔法の練習へと向かった。

お昼になる前には練習が終わり、お花見を兼ねて外でランチすることになっている。

みんなで楽しいことをするのが大好きだ。

ルーレイとジュリアンに相談をする。

「ティナのけっこんしきでプレゼントおくりたいの」

いつもティナがそばにいるから相談できなかった。

でも、結婚式が近づいてきたので、伝えたのだ。

私が前世で生きていた世界には、プリザーブドフラワーというのがあった。こちらの世界でも枯れない花があればいいのに。

そうだ！　お花に魔法をかけよう。

なので、裏庭でお花を摘んで、コップに入れてリボンで可愛く結んで、アレンジをしてから魔法をかけたい。

その説明をすると二人は、しっかりと頷く。

「すごく喜んでくれると思うわ！」

「私たちと一緒に庭でお花を摘んできましょう」

「うん！」

明日か明後日、ティナは結婚式の準備で外出すると言っていた。

その時がチャンスだ。

私は、約束ができて一安心していた。

ルーレイとジュリアンもお花見に一緒に行こうと誘ったが、二人とも今日は他にどうしても外せない用事があるみたい。

残念だけどまた今度の機会にと約束をして練習室から出た。

迎えに来てくれたのはアイレットだ。

「ねぇ、アイちゃん」

「え？」

子供の私がアイレットと呼ぶのは難しいので、アイちゃんと呼ぶことにした。突然だったので驚いている。

「アイちゃんってよんでいい？」

「……どうぞ」

嫌なのか目をそらされてしまった。

長い廊下を歩いて進んでいく。

手をつないで歩いているけど、歩く速度が速くてついていくのが大変だ。

「ありゅけない」

「……本当に腹が立つ」

え？

今の言葉は空耳？

アイレットはイライラしながら私のことを抱き上げた。

庭に到着する。

色とりどりの花が咲いていてとても美しい。

この前まで蕾をつけていたさくらにそっくりな木が満開に咲き誇っている。その下に布を敷いて、みんなでご飯を食べることになった。

私とアイレットが座っていると、メイドがワンコたちを連れてきてくれた。

メレンを筆頭に、子犬たちも私に会えて嬉しいのかペロペロと顔を舐めてくる。

「くしゅぐったいよぉ」

もふもふと戯れていると、手の空いている騎士が集まってきた。

みんな強そうな体だけど、こちらの世界の人はイケメンばかりだ。

男の人に囲まれていても、麗《うるわ》しい光景だ。

華やかな雰囲気になる。

「エルさん」

「会いたかったですよ」

一気に囲まれて次々に頭を撫でられたり抱きしめられたり。

可愛がってくれるのはいいけど少し恥ずかしくなってくる。

いつも私のお世話をしてくれる騎士も近づいてきた。そこには、最近私のお世話係になったモルパもいる。

「エル」

名前を愛おしそうに呼んで、ニコニコと微笑んでくれた。

モルパとは、はじめどうなるかと思ったけど、こうして少しずつ仲よくなることができて、ホッとしていた。

メイドたちが、大きなボックスを持ってくる。

中心に置かれてパカッと開くと、そこにはたくさんのサンドイッチ、卵焼き、ソーセージ、お花の形に切られた人参や綺麗な緑色のブロッコリーがあった。

「おいしそ～！」

一気にテンションが上がる。

さっきまで魔法の練習をしていて、エネルギーを使ったのでお腹がペコペコだ。

「いただきまーしゅ！」

私が選んだのは、りんごのジャムが挟まっているサンドイッチ。

手で持って大きな口を開けてパク。

モグモグと噛みしめる。

口の中に甘さが広がって、とても美味しい。たまらない。

うっとりとしていると、その様子を見ているみんなが楽しそうに笑っている。

「花よりだんごだね」

スッチがそんなことを言う。
お花も大好きだけど食べることも大好き。
どちらかといえば、食べることのほうが好きかも。
図星だったので恥ずかしいけど美味しいから、どんどんと食べ進めていく。
冷たいジュースも用意されていて本当に最高のランチだ。
「喉をつまらせないでくださいね」
マルノスは目を細めた。
「うん！」
あっという間に食べ終わって二つ目を手に持った。
二つ目はハムが挟まっているもの。
これはこれで、しょっぱくてすごく美味しい。
私が楽しそうに食べていると、動物たちが集まってくる。
小鳥さんが木に止まって、さえずってくれるから、いい音楽を聞いているみたい。
お腹いっぱいになり、花を見ながらみんなでくつろいでいた。
歌が得意なメイドが可愛い声で歌ってくれる。
それを聴きながら、踊り出す騎士がいた。
私も歌を聴いていたら、歌いたくなってきた。

「うたいましゅ」

最近覚えた歌がある。

「お、エル頑張って！」

拍手が沸き上がった。注目されて恥ずかしい。頬が熱くなった。

でも、自分で歌うと言ったから、頑張ろう。

息を吸って大きく口を開く。

「おしょらの、うえにうかぶのは〜」

音程が合っているかわからないけど、一生懸命歌っているとみんな手拍子でリズムをとってくれた。

恥ずかしいけど楽しんでもらえて気持ちが上がってくる。

ティナと団長が寄り添ってこちらを見ていた。

本当にもうすぐ二人はここを出て行くのだ。

寂しいけどこうして一緒に思い出を作ることができてよかった。

歌い終わった私は、団長の膝の上に座る。

いつもなら私のことを奪い合う騎士たちも、こうして過ごせる時間があと少しだとわかっているから温かい目で見守ってくれていた。

楽しい時間はあっという間に終わり、気がつけば日が暮れはじめていたので部屋に戻ることになった。

ルーレイとジュリアンと約束をしてお花を摘みに行く日。

許可を得て、敷地内からお花を何本かもらうことにした。

お花を入れるのにルーレイが綺麗なグラスを持ってきてくれた。

これは特別な日に、お酒を飲む時に使うものらしい。長くて綺麗なグラスだ。

「事情を話して調理場の食器棚からもらってきちゃったわよ」

「ありがとう」

早速摘み取ったお花をグラスの中に入れた。

ピンク色のリボンをグラスの細いところに結ぶ。

私がコツコツ拾ってきた石に魔法をかけてキラキラに輝かせる。

グラスの中にお花と一緒に入れた。

そこに、枯れないように魔法をかけていく。

「えいえんに、くちない、はなに、にゃあれー」

手のひらがピリピリと痒くなってきて、光線が解き放たれた。

元々咲いていたお花よりもさらに輝きを増して、まるでラメをつけたかのように輝いている。

「すごく綺麗……。きっとこれをプレゼントされたら喜んでくれるわね」
ルーレイがそう言って、ジュリアンが頷く。
「うん！」
二人が永遠に幸せに暮らしていけるように、永遠に枯れない花をと思ったのだ。
感謝の気持ちを込めて魔法をかけたからなのか、美しさに涙が溢れてきそうになる。
もしかしたら、魔法にも心が伝わるのかも。
隣を見るとルーレイとジュリアンも、涙をポロリと流していた。
私たちはそれ以上言葉を交わすこともなくお互いに抱きしめ合う。
しばらくして気持ちが落ち着いてきて、ルーレイがラッピングしてくれた。
いよいよ、来週は結婚式だ。
寂しくなってしまうけれど、盛大にお祝いをしたい。

＊　＊　＊

おやつの時間になった。
今日はクッキーが三枚とミルク多めのココアが用意されている。
ティナは用意するといなくなってしまった。

ワクワクして食べようとすると、アイレットがお皿を取り上げてしまう。

どうしたのかと思って見上げたら、目を吊り上げてすごく怖い顔していた。

「……おやちゅかえして！」

「エルちゃんは、ちょっと甘やかされすぎ」

何を言っているのか意味がわからなくて首をかしげる。それとお菓子を取り上げることは関係しているのだろうか？

「おやちゅ！」

「私が二枚食べる」

そう言って大切なクッキーを食べられてしまった。

楽しみにしているおやつタイムなのに、こんな意地悪をされて悲しくて涙が目にたまる。

ワンコたちも異変に気がついて近づいてきて、私を守るように取り囲む。

アイレットの私を見つめる瞳が冷たい。

まるで別人になってしまったかのようだった。

「はじめはお父さんとお母さんがいなくて可哀想な子供だと思ってたわ。でもすごく幸せそう」

アイレットも瞳に涙を浮かべている。

何が言いたいのかはっきりわからないが、まだ三歳の私にこんなに意地悪をする人ははじめてだった。

　今までに経験したことのない恐怖心が湧き上がってきて、私は思いっきり大きな声で叫ぶことにした。

「ぎゃああああああああああ」

「ワンワン！」

　ワンコたちも危険だと察知したのか、大きな声で叫びだす。

　その姿を見て大変なことをしてしまったと思ったのか、アイレットが涙をポロポロと流しながら私のことを抱きしめた。

「エルちゃん、ごめんなさい！　あなたは何も悪くないのに」

「ぎゃあああああ、いやだぁああああああ」

　私の声に驚いてやってきたのは、ティナとジークだった。

「何をやってるんだ！　エルから離れろ」

　アイレットは私から引き離された。

「エル、どうした」

「おやちゅ……うばったにょ」

「何だって？」

　ジークは恐ろしい表情でアイレットを睨みつけた。

「なぜそんなことをしたのか説明しろ」

ものすごく強い口調で言い放つ。

彼女は肩を震わせながら告白しはじめた。

「お父様もお母様も亡くなって、幼い頃には妹も亡くなって……。すごく悲しい思いをしてきました。両親がいない赤ちゃんのお世話だと聞いて、勝手に親近感を覚えていたんですけど……。エルちゃんは違った。家族がいなくてもみんなに愛されていて……羨ましくて悔しくて。まだ幼いのに意地悪をしたくなったんです」

あまりにも身勝手な言い分だったので、ポカンとしてしまった。

するとティナが彼女に近づいて諭《さと》すように話しかける。

「エルちゃんがどうしてみんなに愛されるかわかる？」

「特別美しい容姿をしているから」

ティナは頭を左右に振った。

「それだけじゃないわ。みんなのことを大切に思う気持ちが強い子だからよ。みんなが楽しめるようにカフェを作ってくれたり、おやつを振舞おうとしてくれたり。こんなに小さいのに人のことを誰よりも大切に思う気持ちが強い子なの。人の心に光を灯せば自分の前も明るくなるわよね？　エルちゃんは自分だけが幸せだったらいいって思う子じゃないの」

その言葉を聞いたアイレットは、ハッとした表情になって、次の瞬間顔を真っ赤にした。

両手で顔を覆って泣き崩れる。

「……ごめんなさい」

「やっていいことと悪いことがあるんだ。申し訳ないがエルのお世話係からは外《はず》れてもらう」

そう言ってジークはアイレットを部屋から追い出してしまった。

せっかく新しいお世話係になってくれたと思ったのに。

残念だったけど、でもこれから一緒に過ごすと考えたらやはり恐怖心のほうが強い。

彼女には大切なことに気がついて、これから気持ちを入れ替えていい人生を送ってもらいたいと思った。

それから話し合われて、アイレットの代わりに、王宮で働いているベテランのケセラがしばらく来てくれることになった。

彼女は王宮の職員と結婚していて、敷地内で暮らしているという。

私と同い年くらいの子供もいるみたい。

日中に来てくれることになった。

それ以外は施設内にいるメイドさんがお世話してくれるみたいだ。

アイレット、幸せになってね……。

＊＊＊

ティナと団長と残りの時間を大切に過ごした。三人でメリーゴーラウンドでも遊んだ。

馬の形をした乗り物や、かぼちゃの馬車みたいな乗り物が回転している。

日本にあるような煌《きら》びやかなものではないけど、とても楽しい。

私は馬に乗り団長とティナが何度も手を振ってくれる。こんな幸せな日が永遠に続いてほしい。

今日は最後に団長が一緒に眠ってくれるという。

最後の夜だと思うと寂しい。

泣きそうになるけど我慢する。

最後だっていっても、会えないわけじゃない。でも、同じ部屋で眠るのは最後だ。

夜中までいろいろ話をしていたいけど、明日は結婚式だから早く寝なければ。

「エル」

「だんちょー」

近づいてきた彼は、長い腕を伸ばし抱きしめてくれる。

そしてソファーに腰をかけて、私のことを隣に座らせた。

「あしたで、バイバイだね」

「あぁ。こうして一緒に眠ることはなくなる。でも永遠のお別れではない。すぐに会えるさ」

わかっているけれど、寂しくて、うつむいてしまう。

そんな私の頭に大きな手を乗せて撫でてきた。

「寂しがることはない」

「……うん」

「エル、最後に伝えたいことがあるんだ」

「にゃに？」

「これからも自分らしく生きていってくれよ」

自愛《じあい》に満ちた瞳だった。

「両親がいなくて寂しい思いをしてきたよな」

私は素直に頷いた。

「でも、エルは持ち前の明るさで、たくさんの人に愛されて、楽しい人生を送ってくれていると思うんだ」

「まいにち、たのちい！」

「エルにはサタンライオンの呪いを解くという大きな使命がある。重圧に耐えかねる時もあるだろう。しかし、国のために頑張ってほしい」

「わかった」

団長の心のこもった言葉に胸が熱くなって、泣きそうになった。

団長は本当に私のことを可愛がってくれた。

ありがたい気持ちで胸がいっぱいになる。

「そして、一人で抱え込まないでくれ。辛くなったら辛いって素直に言っていいんだ。エルは子供っぽくないところがあるから心配なんだ」

「うん、そうしゅる」

私のことをよくわかってくれた数少ない理解者が一人減ってしまうのは寂しいけど、私なりに頑張って生きていかなきゃ。

「ティナをたいせちゅにしてね」

「あぁ、もちろんだ」

「だんちょーも、かぜひかないでけんこうでいてね」

「ありがとな、エル」

私たちは語り合って微笑みあう。

「でも本当は離れるのはすごく寂しい。成長をすぐそばで見届けたかった。会えないわけじゃないんだけどな」
そう言って私のことを抱きしめながら、最後の夜を過ごしたのだった。

街の由緒ある教会にて。
団長とティナの結婚式に参列させてもらった。
私も結婚式ということで今日はおめかし！　水色のドレスを着ている。
花嫁よりも目立ってはいけないので、少々シンプルなデザインにした。
天井にはステンドグラスがあって太陽の光が注いでいる。
神父様が正面の中心に立ち、厳粛《げんしゅく》な空気が流れていた。
「ドキドキするわね」
ケセラが小声で話しかけてきたので、頷いた。
扉が開かれる。
一気に視線がそちらに集中する。
幸せそうで少し緊張した面持ちの新郎新婦の姿があった。
白い正装に身を包んだ団長。
長いコートには金色の刺繍とボタンが縫いつけられていて、肩には飾緒《しょくしょ》がついている。
胸には国王陛下から授与された勲章がいくつもつけられていた。

その彼の腕に手を絡ませているのは、純白のウエディングドレスを身にまとったティナだ。

Aラインのドレスでレースがふんだんに使われていて、肩が出ているタイプ。

胸元には、たくさんの宝石が縫いつけられていて、とてもきらびやかだ。

ちょっとぽっちゃりしている彼女だったが、今日のためにダイエットを頑張っていたから、少しスリムになっていた。きれいな鎖骨が浮かび上がっている。

二人はゆっくり歩幅を合わせながら進む。

神父様の前に立ち、神へ永遠の愛を約束した。

「誓います」

「誓います」

そして、キスを交わした。

とてもお似合いで美しくて胸が温かくなる。

私も大きくなって好きな人ができたら、いつか結婚できたらいいな。そんな夢を見てしまう。

刻印が押された書類にサインをして、これで二人は正式に夫婦として認められた。

結婚式が終わると、王宮の広場を借りてパーティーが行われることになっていた。

移動をした広場には、色とりどりのお花が咲いている。

空が青くて白い雲が浮かんでいて、まるで祝福しているようなよい天気だった。

立食パーティー形式になっていて、美味しそうな料理がテーブルに並んでいた。

弦楽器や笛の演奏が聞こえる。

幸せな空気に包まれている空間に、今日の主役の二人が拍手で迎えられて登場した。

ティナはドレスを着替えてきたようだ。

エメラルドグリーンのマーメイドドラインのドレスで、これもまた美しい。

「おめでとう」

教会では声を出せない雰囲気だったけど、こちらはパーティーということで、様々な場所からお祝いの声が飛んでくる。

「おめでとうぉ～～～～～～～～～～～～！」

私も彼らに混ざって大きな声を出していた。

パーティーがはじまった。

私は料理を取ってもらってもぐもぐと食べる。

寂しくて食べられないかと思ったけど、案外食欲は衰《おとろ》えていないらしい。

お祝いの席にふさわしい特別な料理がいっぱいある！

お腹いっぱい食べておこう。

少しお皿に乗せてもらう分では足りなくて「もっとちょうだい」とお願いする私に、ケセラは困った顔を浮かべた。

「お腹を壊しちゃうから、これを食べてからにしましょうね」

「えーだっておいしいしょうなんだもんっ」

ご飯だけじゃなくて、デザートもいっぱいあって、目移りしてしまう。

お祝いだということを忘れて食欲モード全開だ。

一気に食べたのでお腹がすぐにいっぱいになって、冷静になってあたりを見渡す。

王宮からもゲストが来ていて、団長は忙しそうに挨拶をしている。

みんな思い思いに会話をして、団長とティナに余裕ができたタイミングで、お祝いの言葉をかけて談笑する。

今日で出て行ってしまう二人を笑顔で見送ろうと決めていたけど、やっぱり寂しくて胸がチクチクと痛む。

そんな私のことをケセラや騎士のみんなが気にかけてくれていた。

「エル〜、泣きたいなら胸を貸してあげるからいつでも呼んで」

スッチが相変わらず明るい口調で言ってくる。

「寂しいならまず俺のところに来い」

ジークが俺様口調で言う。二人の時は赤ちゃん言葉なのに。

「エル様、寂しい時は自分と一緒に穏やかな時間を過ごしましょう」

マルノスが中指で眼鏡をクイっと上げる。

「寂しいですが、オレがずっとそばにいます」

モルパは恥ずかしそうにしながらも、小さな声で口にしていた。

「みんな、エルちゃんのそばにいるから、寂しがらないでね」

ケセラは明るく言った。

みんなと話していると、寂しさがだんだんと和《やわ》らいでくる。

パーティーを取り仕切っていた騎士の声が響く。

「ではここでエルネットさんから一言」

一気に視線が集まるので緊張して唾をごくりと飲んだ。

今日のために用意しておいたプレゼントを手に持って二人に近づく。

「ずっと、しあわせでいてね。あい」

うまく説明できなくてプレゼントを手渡す。

ルーレイが説明をしてくれた。

「二人には永遠の幸せを築いてほしいと思って、枯れない花を魔法で作ってくれたんです」

説明を聞いて二人は目を合わせて嬉しそうに顔をゆるめた。

ティナがしゃがんで私の小さな手から受け取ってくれる。

「エルちゃん、本当にありがとう」

「エル、大切にするからな」

大きな拍手に包まれた。

結婚式が終わると二人は、フラワーシャワーに包まれた。

馬車に乗って去っていく。

見えなくなるまで手を振り続けた。

ありがとう、ティナ。

ありがとう、団長。

6　手紙が見つかりました

四月になった。

春らしい暖かい日差しが部屋の中に入り込んでいる。

少し暑いので窓を開けていると、爽やかな風が入ってきてカーテンをさらりと揺らしていく。

ティナと団長がいなくなってしまった騎士寮では、いつもと変わらない時間が過ぎている。

でも、なんだか静かになってしまった気がする。

相変わらず私は魔法の練習とダンスのレッスンに励む。

色んな本を読みたいと思っていて、文字の勉強も頑張っている。

おやつを食べてペットと散歩して、そこそこ楽しい日々を送っていた。

早く呪文を覚えてサタンライオンの呪いを解いてあげたい。

私の心は今そこへ向かって進んでいるところだ。

「だけど、うまくしゃべれにゃいなぁ」

呪文がめちゃくちゃ長いので子供の口ではなかなかうまく話せない。舌が回らないのだ。

こればかりは、成長を待つしかないのかも。

五つの宝石を集めなきゃいけないけど、まだ二つしか見つかってない。

どこにあるのかなぁ……と思いながら、自分の部屋で絵本を見ていた。

青と赤の宝石は、探しに行かなくてもひょんなところから見つかった。

だからといって残りの宝石もそんな簡単に手に入るとは限らない。

やはりもう少し大きくなったら、探しに行かなければいけないのだ。

「いきたくにゃいなぁ」

あまり面倒なことに巻き込まれないでのんびりと暮らしたい。だけど、サタンライオンを救うために頑張ろう！

「エイエイオー！」

気合いを入れて握り拳を天井に向けて突き上げた。

そこに、ケセラが入ってくる。

「エルちゃん、国王陛下がお話ししたいことがあるみたいなの。準備をして至急向かうことになったわ」

「え？」

国王陛下から呼び出されるということは、何かあったのかもしれない。

今までにも何度か呼び出されたこともあったが、突然呼ばれてあまりいい話を聞かされたことがなかった。

もうそろそろ宝石を探して来てほしいと言われるのかも。

ガーン。

嫌だなぁ。

今までは子供すぎてちょっと危険だと騎士の助言もあった。

だけど、サタンライオンをいつまでも王宮で養うというのは国として大変なことなのかも。

国王陛下に面会するということで、ドレスに着替えさせられた。ピンク色でリボンがたくさんついている。

伸びてきた髪の毛も綺麗に結ってくれた。

完成した姿を見てケセラは頬を真っ赤に染めて喜んでいる。

「本当に可愛らしいわ。私の息子が見たら一目惚れしちゃうかも」

恥ずかしいけれど、褒めてくれるとすごく嬉しい。

これから国王陛下の話を聞かなきゃいけなくて、落ち込んでいた気持ちが和らいだ。

準備を整えると早速、王宮へと向かう。

何を話されるのだろうとドキドキしながら馬車に揺られていた。

王宮に到着すると騎士団長が出迎えてくれた。

久しぶりの再会に嬉しくて満面の笑顔になる。そして緊張していた私をほぐしてくれた。

「だんちょー」

「エル、久しぶりだな」

私と団長はハグをした。

「どうしてここにいるの？」

「エルの大切な話を一緒に聞くから来たんだ」

「ありがとう」

団長が一緒に聞いてくれるなら、心強い。

それでも何を話されるのだろうと、息が詰まりそうな思いだった。

国王陛下の執務室に到着する。

大きく息を吸って深呼吸を繰り返す。

部屋の前は厳重に警備されている。

「本日、国王陛下と約束をしている第一部隊騎士団長、サシュだ」

「エルでしゅ」

私も団長に続いて丁寧に挨拶をすると警備の人たちは一瞬、頬をゆるめた。

すぐに鋭い視線に変わる。

「少々お待ちください」

すでに連絡が入っていた様子だ。

警邏の一名が中に入り確認しに行ってくれた。

しばらく待っていると、国王陛下の側近がやってきて、観音開きの扉が大きく開かれた。

「ようこそお越しくださいました。国王陛下が中でお待ちでございます」

頭をぺこりと下げると団長はどんどんと中に進んでいく。

長い廊下が続いていて、さらに扉を開くと執務室があった。

背もたれの高い椅子に腰かけた国王陛下が、私の姿を見てゆっくりと立ち上がる。

「よく来てくれた」

「おひさしぶりでしゅ」

「まずはそこにかけてくれ」

立派な応接セットがあったのでそこに座った。

テーブルには美味しそうなクッキーやジュースが並べられる。ジュースが入っているグラスもすごくおしゃれで可愛い。

「これはすごく美味しいりんごジュースだ」

「いただきましゅ」

緊張で喉が渇いていたのでちょうどいい。

口に含むとすごく美味しかった。

「元気に過ごしていたか？」

「あい」

なかなか本題に移ってくれない。

変だなと思いながら見つめていると、無言の時間が流れた。

「エル……。話そうかすごく悩んだんだが……」

「なんでしゅか？」

「うん……」

またもや重たい空気が流れる。

不思議に思って団長の顔を見ると彼も目をそらすのだ。

これは何かあったのだと子供の私でも考えてしまう空気感。

なんだろう。……怖いなぁ。

「……驚かないで聞いてほしい」

「あい……」

「エルの両親が判明したんだ」

「え……」

びっくりしすぎて、言葉が出てこない。このタイミングでこんな話をされるなんて予想もしていなかった。

「わかりにくかったか？　お父さんとお母さんが誰だかわかったという意味なんだ」

黙り込んでいる私を見て「両親」という言葉の意味がわからないから固まっているのだと思われてしまったようだ。

両親という意味くらいわかる。

本当に驚いて言葉が出てこなかっただけだ。

でも今そこを説明してもまたややこしくなってしまうので、あえて何も言わない。

「おとうしゃん……」

「あぁ。まだまだ幼いエルに打ち明ける必要があるのか。今はたくさんの人に愛されて幸せな時間を送っているから、伝えるべきではないのか。本当に悩んだ」

国王陛下は説明しながらも苦悩の表情を浮かべている。

その様子からして本当に悩んでいたのだとわかった。でも私のことを考えて伝えることにしてくれたのだろう。

「しょうでしゅか」

妙に改まった返事をしてしまう。

「まだ子供のエルにどこまで話をするべきか。説明しても難しくて理解できないことかもしれないが、ちゃんと伝えようと思う」

国王陛下が言い終えると、団長が心配そうにこちらを見つめていた。

本当のことを知るのは怖いけれど、自分の運命を受け入れなければならない。

深呼吸して私は真剣な瞳で国王陛下を見つめた。

そしてしっかりと頷く。

「エルにはやはり王族の血が流れていた。父親はシーベルト＝インカコンス。我の父親の弟の息子だ」

つまり国王陛下のいとこ……ということになる。

ちなみにティナは国王の父の妹の子だった。

国王陛下から比較的近い血縁に父親がいたということになる。

自分には両親がいないと思って今まで育ってきた。

だけど血のつながった人が身近にいるのだと思うと不思議な気持ちになる。

でも正直言って今は会いたいのか会いたくないのかさえもわからない。

私は黙り込んでしまった。

「エルの母親が書いた手紙を騎士が見つけた」

「てがみ……」

「エルが置き去りにされていた森で見つけたんだ。何か手がかりはないかと思ってずっと捜索していたんだが、最近になって見つかったんだ。内容を確認するとどうやら懺悔《ざんげ》を記して湖に投げようとしていたらしい」

この国では懺悔を手紙に書いて女神様が眠っているという湖に投げると、罪が軽くなるという言い伝えがあるそうだ。

きっと母は私を森に置き去りにした後、湖に行こうと思っていたのだろう。ところが急いでいたので手紙を落としてしまったに違いない。

どんな内容が書かれていたのだろうか。

私は琥珀色の瞳をしている。

そして星形の泣きぼくろがあるのだ。

琥珀色の瞳は王族にしかない。

星形のほくろは生まれつき魔力を持つという意味を表している。

ということは王族と魔術師の間にできた子供ということだ。

父親は王族だということがわかった。

消去法で考えると、母親が魔術師だったということになる。

サタンライオンの駆除に失敗してから、女性の魔術師は市民権を失っていた。

私が動物の言葉がわかるということでいろいろ解決して、今は女性の魔術師も一般市民として暮らせるようになった。

「母親はイレイトという女性魔術師だ。彼女はとても優秀な魔術師で、特別な資格を得て医療魔術師として王宮内で働いていた。当時は市民権がなかったのに大した女性だ」

「いりょうまじゅつし……」

「エルの父親は体調を悪くしてずっと治療を受けていた。そのうちに二人は恋をしたのだろう」

「いまは……どこにいるの？」

「遠く離れた森で静養中だ。あまり体調がよくなくて、万が一のことがあったらと思ってエルに伝えることにしたんだ」

そんなに体調が悪いの？

すごく心配になってしまう。

「それに、彼はエルという存在を知らなかった」

私がこの世に生まれてきたことを知らなかったんだ。

ショックで、胸が痛くなってしまった。

手紙の内容から説明を聞くと、治療にあたっていた母親と父親は恋に落ちていた。結ばれがたい二人だったが、気持ちが抑えきれずに恋人になったのだ。

そのうちに私を授かってしまった。母は出産した私と一緒に遠いところに行って、静かに暮らそうと思っていた。

誰にも相談することもできずに身を隠し、私を一人で出産したという。

ところが瞳の色が琥珀色だったのだ。

これは大変なことだと思い、どうしたらいいのかわからなくなってしまった母は、気が動転して私を森の中に置き去りにした。

そんな内容が書かれていたそうだ。

「……おかしゃま」

「おそらく女性魔術師が市民権を得たというのをまだ知らないのだろう。どこかに隠れているのかもしれない」

父親のことも母親のことも心配になる。

黙り込んでいる私を見て、騎士団長がそっと抱きしめてくれた。

お母様……どこかで生きていてほしい。

私を捨てた酷い人なのに、そう思う。

「シーベルト殿にはエルがこの世に生まれてきて、騎士寮で育てられているということも伝えたら、我が子がこの世に誕生していたのかと大変喜んでいた。ずっと病気がちでだんだんと体調が悪くなって、最近では一日中ベッドにいることも多いそうだ。そんな彼が子供がいると聞いて喜んで久しぶりに散歩ができたようでな」

「そうでしゅか……」

「父親であるかどうか、魔術師に鑑定依頼をしたいと思っている」

私が本当に王族であるのかという判断が必要なのであろう。

「時間をとって検査をさせてほしい」

「わかりまちた」

「父親に会ってもいいかどうか考えておいてくれないか？」

「……」

衝撃的な話だったので、私はつい黙り込んでしまった。

「いきなりこんなこと言われても困るだろう。大事なのはエルの気持ちだ。ゆっくり考えてくれ。エルの気持ちを尊重する」

忙しい国王陛下は次の予定があるらしく、側近が耳打ちをした。

そこで話が終わり、私は退出することになった。

久しぶりに会った団長が私のことを抱いて、玄関の入り口へと向かっていく。

「突然のことで驚いただろう」

私はペコリと頭を縦に振った。

ずっと寂しくて会いたいと思っていた両親。

でも会えないんだと思い込んでいたので、こんな日が来るなんて考えてもいなかった。

「国王陛下も言っていたが、大事なのはエルの気持ちだ。無理はしなくていいから」

「ありがとう……。だんちょう、しんこんせいかちゅはたのしい？」

暗い気持ちにさせるのが申し訳なくて、わざと明るく言う。団長は切なそうな目を向けた。

「エル……お前って子は……」

立ち止まってまた思いっきり抱きしめてくれた。

玄関に行くとケセラが待っていた。

「エルちゃん、おかえりなさい」

「ただいま……」

今聞かされたばかりの衝撃的な話に、私の頭はぼんやりとしていた。

団長とは、ここでお別れである。

しゃがんで私のことを撫でてくれた。

「またすぐに会える。困ったらみんなに相談するんだぞ。何かあれば、伝言してくれたら会いに来るから」

「うん、ありがとう」

国王陛下になぜ呼ばれたのか。ケセラにも、団長から説明をした。

「……そうでしたか」

すごく驚いているようで、複雑そうな表情を浮かべる。

ケセラは、団長に頭を下げてから、私の手を握ってゆっくりと歩き出した。

その日、早速私は鑑定を受けることになった。

医務室に連れて行かれて板の前に立たされる。白衣を着たおじいちゃん魔術師が私に向かって手をかざした。

「痛いことはなにもないから心配しないでおくれ」

「あい……」

そうは言っても未知のことなので緊張して顔が強張ってしまう。

大きな光に包まれて眩しさを感じる。

それでも我慢して前を向いていると、遺伝子のような結晶が空に浮かび上がる。

「成功だ」

父親にも同じようにして、この遺伝子のような結晶を、透明な箱に取り込み形を確認するのだという。

すごい魔法の技術だ。

父親の結晶は後日取りに行くそうだ。

そのため、鑑定に少し時間がかかるらしいので、結果を待つことにした。

やっと部屋に戻ってきた私はぼんやりとしている。

心ここにあらずという感じだ。

もふもふのペットたちが私の周りを取り囲んで、元気出してというふうに尻尾を振っている。

「ワン！」

メレンがどうしたのと聞いてくる。

「おとうしゃんがみちゅかったの」

それはよかったねと目を輝かせてくれた。

家族がいたことは嬉しいけど、複雑な気持ちだった。

体調が悪いという話を聞いた。

もしかしたら病気が悪くなって、対面する前に天国へ召《め》されてしまうかもしれない。そんな可能性だってあるのだ。

でも会いたいかというと、わからない。ただ、会えないまま終わると、後悔する気がした。

それから一週間後。

鑑定結果が出て、百パーセントの確率で家族だということが認められた。

私は父親がこの世の中にいると聞かされてから、ずっと彼のことばかり考えていた。そしてどこかにいる母のことも考えている。

母はまだ生きているのだろうか？

私の魔法の先生であるジュリアンとルーレイによると、山のすごく奥深いところに住んでいて、世間の情報がまったく伝わっていない女性魔術師もたくさんいるらしい。

市民権を得たと聞いても、過去のトラウマがあって怖くて出てこれない人もいるのだとか。

私が両親と一緒に暮らす日は来るのかな……？

悩みながらテーブルに座って絵を描く。

まだ見たことのない父親と母親の姿を想像して、家族で楽しくお菓子を食べているところを無意識のうちに描いていた。

やっぱり家族で生活したいと思っているんだ。

まだまだ子供だから本当の母親に甘えたいという気持ちもある。

父親に可愛がってほしいって思うし……。両親の愛情を受けてみたい。

だけど急に両親が現れたって、受け入れることは難しい。

そんなことを考えていると、今夜の担当のマルノスがやってきた。

「こんばんは、エル様」

「マルノス……」

私の父親は誰だったかということを、私をお世話をしてくれる騎士には知らせてあるらしい。

「今日はいろいろなことがあって大変でしたね」

「うん……」

テーブルについて座っている私の横にそっと腰を下ろした。

「大丈夫ですか？　少し思いつめたような表情をされています」

「なんか、ふくざつなきもちなの」

「複雑な感情に陥ってしまうのも理解できますよ。焦らずにゆっくり考えてくださいと言いたいところですが」

きっと父親の病状がよくないので気を遣ってくれているのだろう。

「おとうしゃまは、わたちにあいたいかにゃ？」

自分ではどうしても決めることができず質問してしまった。

彼は困った表情を浮かべながら言葉を詰まらせている。

「ごめんね」

こんなことを聞かれても答えるのが難しいに決まっている。すると彼は私のことを思いっきり抱きしめてきた。

「お辛い気持ちを軽くして差し上げることができずに……申し訳なく思っております……胸が痛いです」

私は慌てて頭を横に振った。

「しょんなこと、にゃいよ」

こうして、いつもそばにいてくれることに感謝だ。

寂しくて苦しい夜もみんながいてくれたから、笑顔で過ごすことができた。

お父様が私のことをどんなふうに思っているかもわからないし、もしかしたら会いたくないかもしれない。でも、喜んでいると言っていた。

私はこの世界にいる、血がつながっている人に会ってみたかった。

「……あってくりゅ」

マルノスは、真剣な眼差しを向けてしっかり頷く。

「わかりました。でも一人で抱えないでください。胸の中に溜まった思いは、全部吐き出してくださいね。受け止めますから」

「ありがとうぉ、マルノスだいしゅき」

明日、国王陛下に父親に面会したいという伝言をしてもらおう。

そして、次の日。

私の気持ちが伝えられたようだ。

夕方、国王陛下の時間が取れるとのことで、急遽また会いに行く。

団長にも、続けて会えるからすごく嬉しい。

夕方になり着替えを済ませて、国王陛下と一緒に夕食を食べさせてもらえることになった。

私はフォークやスプーン、ナイフがうまく使えないので、緊張する。だけど、すごく楽しみだ。

お招きいただいたのは王宮にある広い食堂だった。

テーブルの上には見たこともないような数のグラスが置かれている。

国王陛下の娘のリーリア様すら、ここで食事をすることはあまりないそうだ。そんな場所に特別に招待されて、ありがたい。

ひとりでは上手に食べられないので、ケセラも同席してくれている。

緊張しながらも楽しみな気持ちで腰をかけていると、場の空気が変わって国王陛下が入ってきた。

「急に呼び出して悪かった」

「いえ」

頭を下げて挨拶をする。

目の前に腰をかけると料理が次から次へと運ばれてきた。私が食べやすいように柔らかく煮込まれたお肉や、綺麗にカットされたフルーツのサラダが用意されている。

お話があるからここに来たのに、美味しそうな食事を目の前にして、我を忘れて食べてしまっていた。

食事が一通り終わってジュースが運ばれてきた。クッキーまで用意されている。至れり尽くせりだ。

食べ終わって一息つく。

ここから本題になると思うと、ちょっと緊張して息が苦しくなる。

「エル、父親に会いたいと伝言が届いたから、今日はしっかりと話をしたいと思って来てもらったんだ」

「あい、おとうしゃまにあいたいでしゅ」

「その気持ちはとても嬉しいが、本当にいいのか？　無理していないか？」

しっかりと頷いて口を開いた。

「かじょくだから……おとうしゃまにあって、げんきになってほちい」

私の言葉を聞いた国王陛下は瞳を潤ませている。

「エル、わかった。本当にやさしい心を持っている子供だ。こんなに小さいのに気を遣わせて申し訳ない。早速面会できるような手配をしてもらう」

「よろしくでしゅ」

「エルはまだ三歳だから、呪いを解く宝石を探す旅は早いと思っていたが、父親に会いに行くには一週間かかるから、情報収集をしながら行ってきたらいい」

「わかりまちた」

国王陛下は威厳を保ちつつも、穏やかに微笑んだ。

7　ついに会うことができました

国王陛下と食事をしてから五日後。

父親に会いに行く日程が組まれた。

何かあってはいけないからと、いつもお世話をしてくれる騎士と、その他にも十名の騎士が付き添ってくれることになった。

ケセラは家庭があり泊まりがけは厳しいので、メイドが数名ついてくれることになった。

ジュリアンとルーレイも、私の瞳の色を変えるためについてきてくれるそうだ。まだ自分で変更できる魔法の技術力はない。それに、二人が一緒なら心強い。

王族だということは誰にも公表されていないので、街へ出かける時や一般施設に宿泊する時は瞳の色を変えなければいけない。

一週間もかけて向かうのは、北東にある静養地だ。

王族が利用することがある別荘らしいが、遠いのであまり使われていないらしい。

湖があって、空気がとても美味しいらしく、体を休めるにはもってこいの場所なのだとか。

五月になり、暑すぎず寒すぎない気候なので、出かけるにはちょうどいい。

緑色のドレスを着せてもらい、頭にはお揃いの色の帽子もかぶせてもらった。

準備が終わって振り返ると、もふもふワンコたちがこちらを寂しそうに見ている。

残念ながらペットたちは、お家でお留守番することになっていた。

小さな手のひらで大きな犬たちをワシャワシャと撫でる。

「ごめんね。いいこにしててね」

「クゥーン……」

悲しそうに眉毛を下げて尻尾もだらんと垂れ下がっている。

そんな姿を見ると離れるのが寂しくなってしまった。

私はメレンに思い切り抱きつく。

「……しゅぐかえってくりゅから」

「クゥーン、クゥーン」

抱き合っている私たちの様子を見て、ケセラは困ったように苦笑いを浮かべる。

「エルちゃん、そろそろ時間だから行かなきゃ」

「……うん」

そっと離れて手を振る。

「バイバイ、いってくりゅね」

手をひらひらさせながら私は歩き出した。

＊メレン【犬】

エルちゃんが行ってしまった。

めちゃくちゃ寂しくて、全身の力が抜けてしまう。

そのままカーペットにごろんと転がった。

子犬たちも愛する飼い主を見送った絶望感から、私と同じように転がって伸びている。

彼女がいてくれたからこそ、命拾いをした。

私は、飼い主に捨てられ、路頭に迷っていたのだ。

エルちゃんと出会った時は、お腹に赤ちゃんがいて、絶体絶命。

このまま死んでしまうかもしれないと覚悟をしていたところ、エルちゃんが救ってくれたのだ。

いつも可愛くて、そして私たちのことをいっぱい可愛がってくれて。

性格もいいし、楽しいことが大好きだし、動物には絶対好かれるし。

見ているだけでも癒される存在だ。

そんなエルちゃんが飼い主になってくれて本当によかった。

話によるとエルちゃんは、お父さんに会いに行くんだって？

ここから一週間もかかるみたい。

帰ってくる時も一週間かかるってことでしょ？

そしたら二週間も会えないっ！

そんなの、耐えられないよぉ～～。

「ワォーーーーーーーーーーーーーーーーン」

辛くなって私は遠吠えした。

子供たちも真似をしている。

「ワォーーーーーーーーーーーーン」

「ワォーーーーン」

「ワーーーオォォォン」

帰ってくる日を心待ちにしていよう。

今私たちにできることは、悪い人が入ってこないように、主の部屋を守ることだ！

エルちゃん、この部屋は私たちが守るから、無事に帰ってきてね！

＊＊＊

馬車に揺られている私は、心臓がドキドキしていた。
一週間後には、父親に会うのだ。
まるで夢を見ているみたい。
お父様はどんな顔をしているのだろう。
やさしい人かな。それとも厳しい人なのかな？
体調は、どうなんだろう……。
まだ会ったことがないからわからないけど、体が回復して長生きしてほしいな。
馬車に乗ると座席に膝立ちになり、小窓から顔を出した。
心地いい風が入ってきて髪の毛を揺らす。
「あまり顔を出すな。落ちたら危ないだろ」
「だいじょうぶだもーーん」
一緒に乗っているのはメイドさんとジークだ。
彼の黒髪も風で揺れている。
みんなで旅行するような気分で楽しくてテンションが上がってきた。

「わーい、おでかけ」

「エルは元気だな。緊張しないのか？」

ジークに話しかけられて視線を向ける。

「しゅるよ」

「そんなふうには見えないけどな」

腕を組みながらこちらを見て、笑っていた。

緊張するに決まっている。

お父様がどんな人かもわからないし、もしかしたらモルパみたく子供が嫌いだって言うかもしれない。

私は不安になって席にちゃんと座り、うつむく。

「こどもきらいだったらどうちよう」

「大丈夫よ。子供が嫌いだったとしても、エルちゃんみたいな可愛い子を見たらどんな人もメロメロになること間違いなしよ」

メイドさんが慰めてくれる。

「エルは世界一可愛い子供だからな」

ジークがさらりと恥ずかしいことを言う。

可愛いとはいつも言われているから慣れているけど、面と向かって言われると頬が熱くなる。

大人しくなった私に、メイドさんが焼き菓子を渡してくれた。

「落ち込まないで。これでも食べて元気になって」

「うん！」

甘いものに目がない私は一気に元気を取り戻す。

そんな私を見てジークはゲンキンなやつだと笑っていた。

今回の旅では大切なミッションがもう一つある。

それは宝石がどこにあるか、情報収集をしてくることだ。

あまり無理しない行程で進みながら行くと言っていた。

楽しくてテンションが上がっていたけど、馬車に揺られているとだんだんと眠くなってくる。ジークが私のことを抱っこしてくれた。

「眠かったら眠ってもいいんだぞ」

「うん、ねむたぁい」

大きくって筋肉質な体に守ってもらっている感じがして、心地よくなってくる。

私は眠気に勝てずそのまま眠ってしまった。

馬車が途中で止まった。古くからやっていそうな宝石屋さんの前だった。

　私も降りて直接話を聞きたかったけど、時間がないので、騎士が聞きに行ってくれている。

「みたい」

　窓から覗いているとキラキラとした宝石が見えて、すごく楽しそう。

「時間がないから今度な」

「こんどって、いちゅ？」

「今度は今度だ」

　しつこく質問してくる私にジークは困っている。

「せっかく……ここまできたのに」

　あまりにも悲しそうに言うので、ジークは馬車から降りた。確認に行っているようだ。

　そしてすぐに戻ってきて私も宝石屋さんに入っていいという許可を得てくれた。

　喜んで私は馬車の中で飛び跳ねる。

　今日は瞳の色を変えているので大丈夫！

　ブルーの美しい瞳にしてもらっているから。

　降ろしてもらってお店の中に入ると、キラキラと輝く宝石に目が奪われた。

「きれー」

　ダイヤモンドやサファイアイヤがお花の形に整えられていたり、ハートになっていたり。夢のような世界が広がっていた。

「職人が丁寧に作っているんですよ」

若くて美しいお姉さんが説明してくれる。

「……ひとつ買ってやるから選べ」

ジークがそんなこと言うので私は嬉しくなって頷いた。

でもここは本物の宝石屋さんだからきっと高そうだ。

なるべく小さなものを選ぼう。ルビーのネックレスを指差す。

「こちらの商品ですね。かしこまりました。金貨五枚です」

「えっ……」

高価だったのだろう。固まっている。

「えっと」

「もう少しお手頃なものですと……」

「いや、男に二言はない！」

金貨をパーンと出したジークかっこいい！

会計を済ませて、ジークがしゃがんで私の首にネックレスをつけてくれた。

胸元がキラキラと輝く感じがしてすごく嬉しい！

「ジークありがとう」

「どういたしまして」

そしてこっそりと耳打ちしてきた。

「どうだ、ここに魔法石はある感じがするか？」

私は意識を集中させるが、魔法の気配を感じることができず頭を左右に振る。ルーレイとジュリアンも魔法の匂いは感知していないようだ。

「そっか」

立ち上がったジークは店員さんに魔法石の情報を聞いていた。

「残念ながら聞いたことはありません」

「……そうですか。ありがとうございます」

買い物をしていた私たちは、また馬車に乗って目的地を目指したのだった。


今夜宿泊するのは、ごく普通の宿泊施設。ホテルみたいなものである。清潔にはしているけれど、すごく広いというわけではない。最低限寝泊まりするだけのところだ。

夕食はホテルが用意してくれたパンとスープと鶏肉のグリルだった。スープには野菜の味がしみていて、いい味だ。

その上、大人数で食事をしているから、美味しく感じるのかもしれない。

「うーん、たまらにゃい」

私が噛み締めていると、騎士たちが楽しそうに笑う。

なんだか注目を浴びて恥ずかしくなったけど、お腹いっぱい食べることができた。

大浴場があってみんなでお風呂に入り、女性と男性に別れて眠ることになった。いつもは騎士と眠っているので、女の子と一緒に寝るのは新鮮だ。

ところが、騎士たちは寂しそうな表情を浮かべている。

「エル様、本当に眠ることができますか？」

マルノスが心配そうに話しかけてきた。

「だいじょうぶ！」

元気一杯に返事をする。

「エルと一緒じゃないと心配で眠れないよ」

スッチが私のことを抱きしめて頬ずりしてきた。

「スッチ、こばなれして！」

「子離れなんていう言葉知ってるのか？」

ジークが興味深そうに私を見つめる。たまに子供であることを忘れて前世の記憶で話をしてしまうことがあるのだ。

「おやしゅみっ」

いつまでも話していたら寝ることができないので、話を遮ってその場を後にした。

毎日馬車で移動して、予定されていたホテルに泊まり、ご飯を食べて寝る生活。

一応、宝石について情報があるかもしれないと、ホテルの人たちにも声をかけているが……。

「魔法の宝石ですか？　そういうのはあるとは聞いたことがあるんですが、目にしたことはないです」

有力な情報を手に入れることはできなかった。

父親に無事会うことができて落ち着いたら、本当に魔法の宝石を見つける旅に出なければいけないかも。

私はあまり乗り気ではない。家でゆっくりしているのが一番だ。


そして、ついに今日は到着予定！

周りにほとんど建物がなくなってきて、自然豊かな場所が広がっていた。

こんな森の奥に本当に静養地があるのかな。

ちょっと心配になってくる。

馬車は、森の中をしばらく進んでいた。

細い小道を進んでいく。

一応、道路が整備されているとはいえ、ガタガタと揺れて乗り心地が悪い。

細い道を抜けると、一気に視界が広がった。

キラキラと輝く湖が目に飛び込んできて、立派な建物が姿を現す。

「到着したようですよ」

今日一緒に乗っていたマルノスが教えてくれた。

「う、うん。ついにちゅいたんだね」

あの建物の中に、父親がいるのだ。

唇が乾く。前世でもこんなに緊張する経験はしたことがなかった。

馬車が建物の前に止まった。

扉が開かれマルノスが抱いて降ろしてくれる。

玄関に視線を動かすと、何人もの使用人が出迎えてくれた。

「ようこそおいでくださいました、エルネット様」

「はじめまちて」

大歓迎でとてもありがたい。

でも父親はどんな反応をするのだろう。ちょっと怖いなぁ。胸がドッキンドッキンってしてる。

「施設長のサニータです。長旅お疲れ様でした。まずは疲れたでしょうから、ゆっくり休んでください」

中年の男性が恭《うやうや》しく頭を下げた。

「ありがとうございましゅ」

案内されたのは広々としたサロン。

調度品が飾られていて、ふかふかの大きなソファーと大理石の床。

金の刺繍が施されたカーテンに、丁寧に編み込まれたレースのカーテンが一緒につけられていて、太陽の日差しが入り込み、美しい空間になっている。

王族が立ち寄る場所だけあってとても豪華な造りだ。

静かな環境で、空気も綺麗。

（とてもいいところだなぁ）

私の目の前には、豪華なフルーツ盛りが用意された。

「この森で採れたフルーツばかりです。すごく甘くて美味しいのですよ」

運んできてくれた使用人が柔らかな笑みを浮かべる。

「ありがとうございましゅ」

父親に会いたい気持ちが強くて、それどころじゃなかったけど、せっかく出してくれたので食べることにした。

モモみたいな色だけど味はイチゴみたい。

口に運ぶとやさしい瞳で施設長が見てくる。

「いかがですか？」

「おいしいでしゅ」

「それはよかったです。いっぱい食べてくださいね」

ここに滞在できるのは今日と明日のみ。

フルーツを食べた後、時間がないので早速、父親に会わせてくれることになった。

大人数で行くのは体調の悪い父親に申し訳ないので、騎士団長とジークの二人が一緒についてきてくれることに。

施設長に案内してもらいながら長い廊下を進む。

私は団長に抱っこしてもらっていた。

ジークは少し後ろからついてくる。

「こちらにきて三年。元々お体が強くなかったと聞き及んでおります。ところが一時期、すごく元気になったそうです。しかし三年前に体調が悪化されて、こちらで静養なさることになりました」

三年前といえば私が生まれたくらいだ。何があってそんなに体調を崩してしまったのだろう。

廊下には、私たちの話し声と足音しか聞こえない。

本当に静かな場所だ。ここならゆっくりと休めるだろう。

「こちらでございます」

厳重に警備されている扉があった。

施設長が父親のお世話係に取り次ぎに行く。

第一声は、どんな言葉にするべきなのか。

こういう場面に出くわしたことがないから、頭の中が真っ白になった。

「どうぞお入りくださいとのことです」

施設長が扉の中から出てきて、こちらに向かって告げた。

騎士団長とジークと目を合わせて頷き、私たちは中に足を踏み入れる。

長い廊下があって広いリビングルームがあった。白や水色を基調としている清潔感の溢れる部屋だ。

「お待ちしておりました」

声をかけてくれたのは、父親のお世話係の年配女性だ。白髪混じりで目尻に数本のしわがあるやさしそうな人だった。

「シーベルト様は、奥の部屋でお休みになっております」

「面会させてもらっても大丈夫でしょうか?」

騎士団長が確認すると彼女はしっかりと頷いた。

心臓が破裂しそうなほど激しく鼓動を打っている。耳の奥がキーンと痛い。

扉をノックすると中から声が聞こえてきた。

「どうぞ」

「失礼します」

そういった団長が扉に手をかける。開くとそこには一人用のソファーに腰をかけたブロンドヘアの男性がいた。

こちらに琥珀色の瞳を向ける。

(この人が私のお父さん……?)

お父様って呼ばなければいけない雰囲気だ。

病気のせいで髪の毛をカットできないのか、背中まであり、一本にまとめられていた。

そんな状態でも見目麗しくて、王族らしい気品が溢れている。

じっと私を見つめ、ゆっくりと立ち上がり近づいてくる。

目の前までやってきたお父様は、とても美形で私にそっくりな顔だった。

「エルネット……はじめまして」

「……は、はじめまちて」

しばらく見つめ合った後、父の瞳に涙が浮かんでくる。そしてついにポロリと溢れると、私もつられるように泣いてしまった。

父親に頬を手のひらで包み込まれる。そこから親の体温を感じて胸がなんとも言えない感情で支配された。

「エルネットはイレイトにそっくりだ。鼻の形と唇の形が特に似ている」

目を眇めて私のことを愛おしそうに見つめた。

「エルネット、今まで悲しい思いをさせて申し訳なかった」

「いえ……みんな、かわいがってくれりゅの」

安心させようと思って満面の笑みを浮かべた。

「そうか」

彼は穏やかに微笑んでくれる。

「エルネット。抱かせてもらってもいいか？」

「あい」

私のことをぎゅっと抱きしめた。

今までもずっとたくさんの人に可愛がってもらっていたけれど、肉親からの愛情を受けたことはなかったので、どんな反応をしていいかわからない。

前世の私は両親とあんまり仲よくなかったから、そのせいもあるのかも。

そのまま高く抱き上げられた。

その姿を見ていたお世話係が慌てている。

「無理をなさらないでください！」

「なぜか、この子に会ったら、体の奥底から元気が漲《みなぎ》ってくるんだ」

私のことを軽々と持ち上げて、愛おしそうな目を向けてくる。

「我が子の力はすごい」

初対面なのにそんな気がしない。同じ血が流れているからなのかな。

「可愛い可愛い娘」

良薬が見つかったかのように、本当に元気そうに立ち上がる。

「今日はたくさん遊んで思い出を作ろう」

「あい」

この人になら、心を許しても大丈夫そうだ。

「ボートに乗ったか？」

頭を左右に振ると彼はニッコリとした。

「じゃあ一緒に乗ってみよう」

「体調は大丈夫なんですか？」

お世話係が話しかけているが、彼は具合が悪そうには見えない。

「問題ない」

団長もジークも心配そう。でもお父様は私と遊びたそうにしている。

早速全員で移動して湖に向かった。

お父様は私を抱きしめながらサクサク歩く。まるで一ミリも離したくないとでもいいたそうな雰囲気だ。

敷地が広いので廊下を歩くだけでも時間がかかってしまうが、一緒にいるだけでも楽しそうにしてくれる。

だから私もだんだんと心を開いていった。

「ここは自然がいっぱいなんだ。動物がいっぱいいるぞ」

「もふもふだいしゅき！」

「そうか。可愛いもんな」

ニッコリ笑ってくれる。

「いっぱい遊ぶといい」

「うん！」

「夜は星が綺麗なんだ」

「へぇ～！　おしょらとんだことあるよ」

ルーレイとジュリアンに誘拐された過去に、空を飛んだ。あの時はまだ女性魔術師の権利が守られていなかった。自分たちの主張を通すために、生きる権利を得るために、二人は魔力があった女の子の私を誘拐したのだ。

決して子供を誘拐してはいけないし、許されることではない。

私は世界中のどんな人たちとも仲よく暮らせればいいと思う。綺麗事っていう人がいるかもしれないけど、悪いことをしてしまった時は心からお詫びをして、前に進んでいくしかない。

そんな願いも込めて、私を誘拐した女性魔術師の二人を許してほしいと国王陛下に伝えた。そして今では女性魔術師も人権を得ることができ、いろいろあって私を誘拐した二人は教育係として採用されたのである。

玄関にたどり着き、そこから湖まで馬車を使う。

湖には用意されていたボートがプカプカ浮いていた。

お父様の体調が急に悪くならないかが心配。

ボートに乗ると張り切ってお父様がオールを漕《こ》いでくれる。

スイスイと進んでいく。

透き通っていてとても美しい。魚が跳ねる。風が気持ちいい。

「エル、楽しいか？」

「うん！」

少し離れた場所から団長とジークがボートに乗って様子を見ている。二人は少し羨ましそうな顔をしていた。

私の肩に小鳥さんが止まった。見たことがない紫色だ。すごく可愛らしくて笑顔が止まらない。

お父様に視線を動かすと心からやさしい顔をしていた。

「エルは動物に好かれるんだな」

もふもふに好かれるスキルをもらったからとは言えず、笑ってごまかす。

「ことりカフェをつくってりゅの。おとうしゃまにもきてほしい」

そう言うと彼は力強く頷いた。

「あぁ、そうだな。元気になって必ず行く」

その後もしばらく湖の上でのんびりとした時間を過ごした。


夕方になり私はお父様と一緒に食事もさせてもらうことになり、食事用のドレスに着替えた。

そして、食堂に移動して椅子に座る。

上手に食べることができないので、メイドと団長が付き添うことになった。

少し遅れてお父様がやってくる。正装していてとても素敵だ。髪の毛も綺麗に整えられている。

「エル、今日は楽しい一日をありがとう。久しぶりに食事が摂れそうだ」

「よかったでしゅ」

とても豪勢な食事内容で驚く。

色とりどりの野菜のサラダ、人参のポタージュスープ、牛肉をたっぷり使った柔らかいハンバーグ。魚介類もたくさんあって、目移りしてしまう。

私が子供なのでなるべく食べやすいように、薄味にしてくれているらしい。

「いただきまーしゅ」

いっぱい遊んだのでお腹が空いていた。

フォークを持って食べるけど、まだ上手にできない。

ポロポロこぼしてしまうのに、お父様が笑みを浮かべていた。

「美味しいか？」

「しゅごくおいちい！」

「それはよかった。いっぱい食べなさい」

「あーい！」

お父様も残さず食事を平らげる。

最後にはデザートが運ばれてきた。

食事が終わるとテラスに出て夜空を見上げる。夜だがそんなに寒くなくてちょうどいい気温だった。

「いつもは全然食べられないんだ。エルがいてくれるだけでこんなにも食欲が湧くとは思わなかった。私は愛に飢えていたのかもしれない……」

お父様も寂しい思いをしてきたようだ。

「……エルがお腹にいると知っていたら、どんなことがあっても守り抜いた」

悔しそうに唇をかみしめている。

お父様とお母様と一緒に暮らすのは幸せかもしれないが、でも私は騎士寮のみんなに出会えて幸せだった。

「本当に申し訳ないことをした」

「だいじょうぶだよ」

「やさしい子供に育ってくれたことに感謝しよう。周りにいる人のおかげだ」

温かい気持ちになりながらお父様と一緒に時間を過ごしていた。

団長が近づいてくる。

「今日はお父様と一緒に眠るか？」

「うん」

なるべくそばにいたいと思った。

家族だからというのもあるけど、私がそばにいることで彼が元気になるなら……少しでも力になりたい。

私はお父様から一度離れて、入浴をさせてもらった。

着替えを済ませるとお父様の部屋にいく。

ベッドに一緒に入って寄り添う。

「エルネット、我が娘よ。おやすみ」

「おやしゅみなさい」

お父様の呼吸を感じる。親の存在って、大きくてあったかい。

(私はこの人の子供なんだ……)

心からそう感じる夜だった。

＊ジーク

父親と遊んでいる姿を見ると、嫉妬心が湧き上がってきた。今までに見たことがない自然な笑顔だったからだ。

エルは可愛く、いつもニコニコしていたが、ちょっと違う。

父の前では心を許して笑っていた。

血が繋がっている二人。

こちらがどんなに愛しても勝てないのだ。

一緒にいる姿を見ると二人はそっくりだった。

子供の頃から育ててきたこちらとしてはちょっと悲しいものがある。

今日は誰が一緒に眠るのかと思っていたら、エルが父親と一緒に寝ることを選んだ。

やはり血の繋がりというのは特別なものがあるのかもしれない。

エルを送り届けて、自分たちの部屋に戻ってきた。

いつも世話をしている俺たちは、ぶどう酒を飲みながらみなで話をする。

「父親に会えて嬉しそうにしていたな」

団長がおもむろに口を開いた。

「ええ。やはり子供は家族のもとにいるのが一番いい気がします」

マルノスが眼鏡をクイッと上げながら話をした。

「でも絶対誰にも渡したくないよ。離れるなんて嫌だ！」

スッチが言う。

「判断するのはオレたちではないと思いますが」

「モルパの言う通りだな」

俺は湧き上がってくる嫉妬心を抑えながら、彼の意見に賛同した。

この先、エルの運命はどうなっていくのだろう。

王族として生きるのだろうか？

そうなればもう一緒に暮らせないかもしれない。

エルが大きくなるまで成長を見続けたかったんだが。

でも、家族が一緒に暮らすのが一番いいに決まっている。

母親もどこかにいるかもしれない。これから現れてくる可能性だってある。

まずは父親が回復することを祈ろう。

エルが幸せに暮らせるか陰ながら見守っていくしかない。

それまで精一杯、世話をさせてもらうのが、俺たちの役目だ。

＊　＊　＊

朝になり、私たちは太陽の光を浴びていた。

お父様は、ここに来てからすごく元気そうにしている。王宮に戻ってくるのは難しいのかな。

せっかく会えたのだから、もっとそばにいたい。

私の唯一の肉親なのだ。

でもたまたま体調がよかっただけで、静養しているということは悪い状態なのかもしれない。

「おとうしゃまのからだのこと、きいてもいい？」

「あぁ、わかった。エルは賢いから話すことにする。原因不明なんだ。しかし愛情が関係しているかもしれない。幼い頃ずっと孤独だった。それでずっと体調が悪くて。エルのお母さんが優秀な魔術師だったから、医療の分野でも活躍していて面倒を見てくれていた。いつしか私は彼女に恋をしていた」

だけど、当時は女性魔術師の権利はなく、禁断の恋だったのだ。

「姿を消してしまってからまた体調が悪くなった。だからもしかしたらエルと暮らし続ければもっと元気になれるかもしれない」

「じゃあ、いっしょに」

「そうだな。こんなに可愛い娘がいるということがわかったから、少しずつ体力をつけて普通に暮らせるように頑張っていく」

「やくしょく」

私とお父様は指切りをした。

それから私たちは朝食を食べた。

早く出なければいけないので、名残惜しいけど出発する準備をする。

お父様は、昨日張り切り過ぎたせいで体力を使い切ったみたいだ。

車椅子に乗って見送りに来てくれた。

一緒に遊んでいる時は元気そうだったから、てっきり回復したのかと思っていた。でもこの姿を見るとやはり無理をさせてはいけないようだ。

本当は家族であるお父様と一緒に暮らしたいという気持ちもあるけど、ゆっくりと時間をかけるしかないのかもしれない。

もし元気になってこのまま回復に向かっていったら、いつか一緒に暮らせると夢を見ていよう。

「エル、本当は一緒にここで暮らしてほしい」

「おとうしゃま」

「しかし成長期にあまり人と会わないで過ごすのはよくない。そして魔法の練習などもあるし、やはり俺が元気になって戻るしかないだろう」

周りにいる人たちは私たちの話を黙って聞いている。

「今までの人生、希望が持てなかったけれど、こうして可愛い娘がいるとわかったら生きる気力が湧いてきた。本当にありがとう」

「こちらこそありがとう」

お父様の大きな手の平が私の小さな手を包み込み、私たちはしっかりと握手をした。

またすぐ会えると信じて。

もし来年の夏までに一緒に住めなかったら、また遊びに来させてもらおう。

離れるのが寂しかったが、時間なので私は馬車に乗り込んだ。

窓を開けて姿が見えなくなるまで手を振る。

なぜか瞳から涙がポロポロとこぼれていた。

そんな私のことをマルノスがやさしく抱きしめてくれる。

「……エル様、元気を出してください。お父様も必ず帰って来られる時が来ますよ。美味しいお菓子を作ってまた持ってきて差し上げましょう。字を書く勉強を頑張っているのでお手紙を書くのもよろしいかと」

私のことを慰めてくれているとわかっていたので、心配かけないように笑顔を作った。

これからまた戻っていくことになるのだが、道のりは長い。でもお父様の姿を見てすごく幸せだった。

私の母は魔術師として優秀な人だったらしい。

医療にも長けていたそうだ。私も魔法をちゃんと使えるようになったら、医学の勉強もしてみようかな。

病気で困っている人たちを助けたいし、苦しんでいる動物さんたちのお医者さんもこちらの世界にも必要だと思う。

まだまだ子供だから将来どうなるかわからないが、まずは帰ったら自分のできることを頑張ろうと決意したのだった。

それから何日間もかけて、ホテルに泊まりながら来た道を戻っていく。お父様と過ごした日々はキラキラと輝いていてとても楽しかった。

早く元気になってほしいなって思いながら馬車に揺られている。

今日は天気が悪くて雨雲が朝から空に浮かぶ。

今にも雨が降り出しそうだと感じていると雨の降る音が聞こえてきた。そのうち馬車に叩きつけるような大雨が降り出す。

なので安全運転で進まなければ危ない。

ドンと音がして、急に馬車の動きが止まった。

何があったのかとキョロキョロと視線を動かす。

「ジーク……？」

「大丈夫だ」

「きゃあああ」

悲鳴が聞こえてきた。

一緒に乗っていたジークが私のことを守るように抱きしめた。

団長はじめ他の騎士が様子を見に行っているようだ。

「シャアア！」

動物の鳴き声のようなものが聞こえる。

もふもふさん？

そう思って喜んでしまいそうになったが、雰囲気が悪い気がする。ジークが窓を開けて確認する。

「……あれは、魔獣だ」

「まじゅう？」

「この辺は魔獣が多いと聞いたことがある。人を襲う習性があるんだ。特に天気が悪い日は出てきやすい」

「……えぇぇ」

恐ろしくなって震える。

いきなりこんなことに巻き込まれるなんて。

どうするべきかわからなくてオドオドするしかなかった。

団長が馬車の扉を開いた。

「魔獣が道を歩いていたご婦人を襲っている。倒さなければここを通ることができない。危険がないように隠れていてくれ。ジーク、エルを頼んだ」

鋭い剣を手に持って険しい表情をしながら扉を閉める。

これはただ事じゃないと悟った。

外からは金属が何かにぶつかるような音や、魔獣の叫ぶ声が聞こえてくる。

「うわぁあああ」

おばあさんの怯える声もだ。何とかしてあげたいが私が出て行って迷惑をかけても困るので、黙っているしかない。

どんな状況になっているのかジークがこっそりと窓から確認している。

私も首を伸ばして見てみると、顔が三つで胴体がひとつしかない狼のような生き物が牙を剥《む》いていた。全身が真っ黒で瞳が赤く光っている。

今は昼間なのに天気が悪くて暗いせいで、怪しく光る瞳の色がさらに強調して見えていた。

私が山に捨てられた時、助けてくれたのも狼だった。だからどうしても悪者に見えないけど、おばあさんを襲うのは悪い。

しかも首からは蛇のようなものまで生えていた。

数人の騎士が戦っているが、魔獣はなかなか倒れてくれない。そしておばあさんの首筋を口でくわえて持ち上げた。

こんなの絶対に許してはいけない。すると、ルーレイとジュリアンが魔法陣を描く。そして聞きなれない呪文を唱えた。

力を合わせた二人の手から光の光線が放たれた。

「ガウォーーーー」

ダメージがあったようで魔獣が苦しんだ声を出している。ところがまだ倒れない。

続けて光線をぶつけられたが、魔獣も口から光線を出して抵抗している。

何度か魔法光線を放つ。

騎士も剣で突き刺したりしている。それでもなかなか倒れず。

「魔法の力がまだまだ足りない……」

おもむろにジークがつぶやいた。

黙って見ているだけでは心苦しい。何か力になれることはないだろうか。

馬車から降りようとすると長い腕で力強く抱き留められた。

「ダメだ」

「……でも、おばあちゃんかわいしょう」

「エルのやさしさは偉いと思うが、王族の血が流れているんだ。それをもっと自覚するべきだな」

そんなこと言われても、目の前で困っている人がいたら助けたくなる。王族の血とか、私にはあまり関係がない。どうでもいいことなのだ。

みんなが頑張っているのに、私だけ何もしないのは納得がいかなかった。

「じゃあ、まどからこうせんだしゅ」

「エル、見つかったら危ない。今はじっとしているしかないんだ」

説得されるが、私は頭を左右に振った。

「いやっ」

ジークには申し訳ないけれど、人助けのために眠ってもらうしかない。

強く念じて手をかざすと魔法の力は発現すると、習ってきた。

「ジーク、ねむれっ」

力強い声で言って、彼の太ももに手をかざす。すると私を力強く抱きしめていた力が抜けてジークはぐっすりと眠ってしまった。

近くで見ていたメイドがびっくりして目を大きく見開いている。

「エルさん、何をするつもりですか」

「まもりたいの」

「とても危険なので、やめたほうがいいと思います」

「……うーん、ごめん。ねむれ」

彼女にも少しの間、眠っていてもらうことにした。

二人を眠らせた私は窓から少し顔を出した。

ルーレイとジュリアンが必死で戦っている。

私はあの魔獣を倒しておばあさんを助けるのだ。

頑張っているみんなと、誰一人、命落とすことなく帰る！

ルーレイとジュリアンが手から光線を出したタイミングで、私も自分の手のひらを向けた。

「わるいこはおしおき！」

ちょうど目のところを狙ってビームを出す。見事にヒットした。

「ウォーーーーーーー！」

魔獣は雄叫びをあげてその場にどさっと倒れ込む。

そしてキラキラとした砂のような形に変わっていき、天へとその砂が昇っていく。今までに見たことがない不思議な光景だった。

騎士がおばあちゃんに駆け寄るが、無事だったようだ。首に傷がついていたので、ルーレイが魔法で治す。

先ほどまでどしゃぶりだったのに、空の隙間から太陽が差し込んできて、虹がかかっている。

ジークとメイドは少し気絶してもらっただけなので、すぐに目を覚ました。

私の馬車にルーレイとジュリアン、団長が駆け寄り、中の様子を見た。

「エルが助けてくれたんだな」

とジークが言った。

「そうよ。私たちの力ではあんなにすぐには倒せなかったわ」

ルーレイがつぶやく。

「しかし危険な行為だ。ジークがついていながら何をしていたんだ」

団長が叱責《しっせき》する。

「ちがうの、わたしが……おばあちゃんをたしゅけたいから、きぜちゅさせた」

「えーー」

ジュリアンが驚いて大きな声を出す。

「ごめんなしゃい」

「今回はうまくいったからよかったものの……。あまり無茶をするんじゃない」

団長に怒られて私は反省してうなだれた。

その話を聞いていたおばあちゃんが近づいてくる。

「こんなに小さな子供が、私の命を助けてくれたんだね」

白髪のおばあちゃん。

やさしい顔で微笑んで、手で私のほっぺたを撫でてくれた。

「もう人生長くないと思っていたんだけど、襲われてしまった時はまだまだ生き延びたいと思ったのよ。こんな私のことを助けてくれて本当にありがとう。感謝してもしきれないわ」

瞳には涙が浮かんでいる。

危険な行為だったかもしれないけど、誰かを助けたいという強い思いが今回のような結果に結びついたのだ。

でもこれからはあまり無茶をしないようにしたほうがいいだろう。

反省しつつも役に立つことができた嬉しさが勝っていた。

「何かお礼をさせてほしいわね」

「いえいえ、ながいきしてくだしゃい」

すると彼女は胸ポケットから何かを大切そうに取り出した。

そして小さな私の手にそれを握らせる。

ずしっと重たい感覚。もしかしてこれは……。

「幼い頃にもらった大切な宝石なの。この宝石があったおかげでいろいろなことから守られてきたわ。でも命を守ってくれたお礼にこれをあなたに差し上げます」

「いいの？」

私は練習をするうちに魔法のことが少しわかってきた。

だから今手に持たされているものが探していたものだとわかる。

ルーレイとジュリアンも気づいているようで頷いている。

「だから魔獣に襲われていたのね」

「ここら辺は危険な地域だと聞いたことがあったけど、最近はあまり悪さをしないっていう噂だったから不思議だったのよ」

念のため宝石を確認しようとその場で包みを開けさせてもらった。

雨上がりの陽ざしを受けて、キラキラと輝く緑色の宝石。すごく綺麗で目を細めて見入ってしまう。

「しゅごい、きれー」

「私たち、これを探していたんです！」

ジュリアンが興奮気味に言うと、おばあさんはニッコリ笑った。

「この小さくて可愛い女の子にあげたものです。大切にしてくださいね」

こうして、おばあちゃんはみんなに見送られながら帰ったのだった。

宝石を探しに行く旅に出かけなくても、こうして見つかるのはとてもラッキーだ。

あとは黄色と紫。

この二つを見つけて私が呪文を唱えられるようになったら、サタンライオンの呪いを解いてあげることができる。

帰ったら練習を頑張ろうと決意した。

三つの宝石は運よく手に入れることができたけど、やっぱり探しに行く旅に出かけなければいけないのかな。

今回みたく魔獣とかに出会って対戦するのはちょっとしんどい。

私は大好きなもふもふたちとゆっくり過ごして、お菓子を食べるのが夢なんだけどなぁ。

8　新たな提案に驚きました

「ワン！　ワウォーン」

騎士寮に戻ってきた私は、ワンコたちに囲まれてペロペロと舐められている。

「おりゅすばんありがとう」

しばらく私がいなかったので寂しかったようだ。こんなに喜んでくれると嬉しいけど大きな体がもっさりと乗ってくると重い。

子犬たちもかなり大きくなってきたので窒息してしまいそうだ。

「苦しそうにしているわよ、降りてあげて」

ケセラが穏やかな声で叱責している。

でもペットは聞く耳を持たない。

やっと解放された私は国王陛下に報告に行くため、綺麗なドレスに着替えさせてもらった。

国王陛下が住んでいる建物まで行くと団長が待っていてくれた。

宝石を見つけることができたから、きっと喜んでくれるだろう。お土産もいっぱい買ってきたんだ。

その土地でしか売っていない珍しい置物とか、国王陛下の娘さんにもプレゼントを用意してある。

気に入ってくれると嬉しいなぁ！

応接室に通されるとテーブルの上にはお菓子がいっぱい置いてあった。

ここに来ると絶品の食べ物がいっぱいあるからワクワクしちゃう。

食べようと思って手を伸ばした時、国王陛下が入ってきた。

最近、国王陛下に会うことが多い。

私の目の前に腰をかけて笑みを浮かべる。

「長旅ご苦労だった」

「おみやげかってきまちた。リーリアしゃまにも」

「どうもありがとう。リーリアも喜ぶと思う」

プレゼントは喜んでくれたみたいで大成功だった。

「ほうしぇきもみちゅけました」

「エルは本当に運のいい子だ。素晴らしいな。残りはあと二つか……」

「あい……」

今度こそ探しに行ってきてくれと言われるのではないか。

「父親に会ってどうだった？」

「やさしかったでしゅ。またあいたいでしゅ」

「そうか。シーベルト殿もエルに会ってさぞかし嬉しかっただろう。体調が回復してこちらで一緒に住める日が来ればいいな」

私は大きく頷いた。

お父様と一緒に暮らすことは私の新たな夢でもある。できればお母様も見つけて、家族みんなで過ごせればいいんだけど。

「エル、相談があるんだが」

宝石を探しに行ってくれと言われるのだろうか。

何度も免れてきたけど、大きくなってきたし、そろそろ行かなければいけないよね。覚悟はしているけれど、顔がひきつってしまう。

あまり怖い思いとかもしたくない。

「エルは間違いなく王族だ。これは紛れもない事実である。そうであればこれからは王族として生きてほしい」

「……えぇー！」

驚いて思わず大きな声を出してしまった。

子供の王族といえばリーリア様しか見たことがなかった。

すごく可憐で品があって……自分とは別の世界を生きている人間に見えた。あんなふうになれと言われたって絶対無理だ。

「ムリでしゅ」

「しかし、エルは王族なんだ。この事実が判った以上隠すわけにはいかないのだ」

そうは言われても心の準備ができていない。それに騎士たちと離れてしまうのは絶対に嫌だ。

「みんなといたいでしゅ」

「みんな？　騎士か」

私は大きく頷いた。

「確かにエルには護衛が必要だ。それに寝かしつけ係も必要だな」

ずっと一緒にいて眠ってくれていたので、今更一人で寝るとか無理。

知らない人が来ても困るし。

小さい頃からそばにいてくれる人じゃなきゃ嫌だ。

モルパは受け入れてくれたから、私も心を開くことができたけど……。

私も成長してきたし少しずつ人見知りするようになってきている。どちらかというと誰とでも仲よくできるほうだと思っていたけど。

憂鬱《ゆううつ》になってうつむく私。

「あまり心配するな。エルには近いうちに引っ越しをしてもらう」

国王陛下が住んでいる建物とは別に、王族が利用する館がいくつもあるらしい。

祖父母・父母・娘息子・子供と一家で暮らすのが一般的だそうだ。

身寄りがない人同士で大きな建物に一緒に住んでいることもあるみたい。とにかく想像ができないほど広大な敷地の中に王族は暮らしているようだ。

ちなみに私のおじいちゃんとおばあちゃんは、もう亡くなっているとのこと。会ってみたかったなぁ。

両親も今のところいないし、身寄りのない人同士で住むところに行くのかな？

「家族と一緒に住める日が来るまで、第三別館で暮らしなさい」

「あ、あの、」

「ペットも一緒でいい。しかし食事するスペースには連れて来ちゃダメだぞ」

私の言いたいことをわかってくれているのですごくありがたい。

「近いうちに国民に、お披露目《ひろめ》する」

断ることができずに、私は頷いてしまった。

「第三別館には、今は五名住んでいる」

王族ではあるが、かなり遠い親戚ということもあり、国王陛下がすべてを把握しているわけではないそうだ。

年齢を重ねていて寝たきりの人や事情があって結婚せずに暮らしている人などがいるらしい。そして館は広いので互いに滅多に会うことはないそうだ。

少し寂しいけど王族と断定されてしまったので、然るべき場所で暮らすしかないのだ。サタンライオンの集落から離れるので、気軽に会えなくなるのは寂しいなぁ。


その次の日、騎士寮に住んでいる人たちには私が引っ越しすることが伝えられた。誰もが残念がってくれて次から次へと挨拶に来てくれる。

私は三年間ここで過ごしたけど、みんなに愛されていたんだなと実感した。

そして嬉しいことに私の護衛兼寝かしつけ係として、今までメインで見てくれていた、ジーク・マルノス・スッチ・モルパが引き続き一緒にいてくれることになった。

団長も予定が空いていれば、私の護衛に外出時などについてきてくれるみたいだ。

ケセラも日中はお世話をしにきてくれるようで、胸を撫で下ろしている。

お別れパーティーをしたかったけど、急な話だったので時間がなかった。だけどみんなで寄せ書きをしてくれた。

大きな紙に私の似顔絵が描かれていてメッセージが書いてある。

まだ文字を勉強している途中だから全部読むことはできないけど、気持ちがこもっていてすごく嬉しかった。

寝かしつけてくれるみんなに少しずつ読んでもらおうと思っている。

私は国王陛下から話をされた三日後に、引っ越しすることになった。


そして引っ越し当日を迎え、みんなとお別れをしてから馬車に乗る。

時間がある人たちは見送りに出てきてくれた。

永遠の別れではないのにこんなにも思ってくれていたのが嬉しかった。

「また会えますよね？」

「いつまでも元気でお過ごしください」

「ありがとぉ、バイバイ」

騎士寮も敷地内にはあるけれど、かなり広いので歩いて行くのは無理だ。

小窓を開けてみていると色とりどりの花が咲いている。すごく美しくて癒された。

今までと変わらない生活ができると思うけど、国王陛下は国民に私の存在を知らせると言う。

お披露目するためにまずはドレスを作ってもらうことになっていた。

「はぁ」

私は思わずため息をついてしまう。

「どうしたの？」

ケセラが穏やかな瞳でこちらを見つめて質問してきた。

王族として私が国民に認知されてしまったら、注目を集めることになる。

私は国王陛下の子供じゃないからそんなに大変なことはないと思うけど、できれば静かに暮らしていたい。

その気持ちを説明しようと思ったけど私は頭を左右に振った。

「なんでもにゃい」

「緊張しているのね。何も心配することないわよ」

安心させてくれるケセラに私は笑顔を向ける。どんな環境におかれても自分次第でいくらでも楽しめる。

今までそういう気持ちで生きてきたのだから、これからも頑張ろう。

私の新しいお部屋はとても広かった。そして、可愛い。

全体的にピンク色のものが多かった。

絵を描いてハートマークが好きだと伝えたからか、ハート型のクッションがソファーに置かれている。

「かわいい」

ワンコたちも部屋が広いので喜んで走り回る。

新しい環境に慣れてくれるか心配だったけど、嬉しそうなので安心した。

＊　＊　＊

ここでの生活は、何不自由ないものだった。

いつもお世話をしてくれていた騎士が日替わりで来てくれるので寂しくないし、魔法やダンスの練習も引き続き頑張っている。

そして、今日はいよいよ国民にお披露目される日だ。

新調されたオレンジ色のドレスを身にまとい、緊張しながらバルコニーへと向かう。

国民にお知らせがあるときは朝から花火が打ち上がり、王宮が一般解放される。

サタンライオンが保護されているというのは知らされているが、姿を見せたら驚く国民も多いので、彼らは自分の家から出てくることが許されなかった。

まだそのような状況になっていることが悲しい。同じ人間なのに。

国王陛下が住んでいる館のバルコニーから姿を現し、直接伝えるというのはしきたりである。

そこに私も参加させてもらうのだ。

バルコニーのある部屋まで到着するとソファーに腰をかけて時間を待つ。やがて国王陛下夫妻が現れて穏やかな笑みを浮かべてくれた。

「いつも通りのエルでいてくれ」

「あい」

国王陛下が堂々とした歩みで国民の前に姿を現す。

大歓声が沸き起こり、地面が揺れるのではないかと思うほどだった。それほどこの国の人から支持されているということだろう。

「朝早くからどうもありがとう。今日は大事な話がある」

先ほどまで大歓声が上がっていたが、今は静まり返り国王陛下の言葉に真剣に耳を傾けている。

「様々な事情があり発表が遅くなったが、王族に新たな子供が加わった」

知らせを聞いて国民たちは、喜びを爆発させている。

「では登場してもらおう。エルネットだ」

大きな拍手が聞こえてきて私の足がブルブルと震える。

緊張するけれど王族として堂々と目の前に出て行かなければならない。今日という日のために歩く練習もしたのだ。

「大丈夫だ。頑張ってくれ」

団長が声をかけてくれた。

いつもお世話してくれている騎士たちが護衛として一緒に登場してくれる。私は一つ大きく頷いて、歩きはじめた。

バルコニーに出ると、国民の視線が一気に集まり心臓がバクバクと大きく鼓動を打つ。

国王陛下が私の背中をそっと押して隣に立たせた。

「この子の父親は王族。母親は女性魔術師だ」

女性魔術師の子ということを隠すことも考えたそうだが、素直に打ち明けようということになった。

国王陛下が堂々とした口調で言うと、国民は驚いたようにどよめく。

「父親はシーベルト＝インカコンス。父親も母親も体調を悪くしていて静養中だ。体調は回復したがみなへの挨拶は控えたい」

あえて詳しくは説明しないようだ。

「ご存じのようにこの国にはサタンライオンという呪われた人種がいる。その呪いを解くためには五つの宝石を探し出し、呪文を唱えると呪いが解ける。しかし誰もがその呪いを解けるわけでもなく、定められた人でしか効果がないとお告げがあった」

国民の目は真剣そのものだった。

サタンライオンは悪さをしないと国王陛下から説明があったが、それでも年配者には恐怖心がある人もいる。

だから本当に呪いを解くことができるならと、期待を込めているのだろう。私って本当に大きな役目があるんだ。背筋が伸びるように感じた。

「すでに五つのうち三つの宝石が見つかった。残りは黄色と紫色のものだ。有益な情報があれば寄せてほしい」

私はまだ子供なので挨拶をしなくてもいいと言われ、頭を下げるだけだった。だけどはじめての王族としての仕事だったので、緊張して怖かった。

挨拶が終わり国王陛下と少し話をした。

「頑張ったな」

「ありがとうございましゅ」

「これからも頼んだぞ」

彼はとても忙しいスケジュールのようで、すぐにいなくなってしまった。

私は一仕事が終わって安心して自分の部屋に戻った。

おやつの時間になりパンケーキを頬張る。

今までは目の色を変えて外出をしていたがそれもしなくていい。けれど王族になってしまったので自由に出歩くことは難しいかもしれない。

また今日から新たな人生がはじまった。

私は女性魔術師の子供であるということも発表されたから、受け入れてくれない人もいるかもしれないと不安な気持ちもあった。

でも私には間違いなく魔術師の血が流れている。

だから魔法の練習も頑張って、国民が喜んでくれるような……、いやそんなに大層なことじゃなくても、困っている人を助けてあげられる魔法を使えるようになりたい。

夕食を終えて、入浴し今日も一日頑張ったと自分を労う。

そろそろ眠る時間だ。スッチが私を寝かしつけに来てくれた。

部屋の前には護衛当番の人もいて守ってくれている。なんだか私ごときに申し訳ないなぁ。

「エル、そろそろ寝る時間だよ」

「スッチ、もうしゅこしおえかきしよ」

「ええー、少しだけだよ?」

私のおねだりはなんでも聞いてくれる。

二人で絵を描きながら楽しく話をしていた。

「魔法の練習は頑張ってる?」

「うん!」

「どんどん上手になっていくんだろうなぁ。きっと優秀な魔術師になれるね。しかも王族の血が流れているから無敵だ」

「どうかにゃぁ」

国民に受け入れてもらえるか不安な気持ちである。そんな私の元気のない様子に気がついたのか顔を覗き込んできた。

「何か心配事でもあるの？　何でも言って」

「……ふあんなにょ。まじゅつしのこだから」

スッチは長い腕で抱きしめてくれる。

「何も怖がることなんてないよ。いつでも僕たちがいる。エルは一人じゃないよ」

「ありがと」

たくさんの人に愛情を注いでもらっていることを、また実感して安堵する。

だんだんと眠くなってきたので、私はそのまま眠りについたのだった。


それから数日後、嬉しい知らせがあった。

なんと国民から私にお手紙が届いたのだ。

ケセラが文字が読めない私に読み聞かせてくれる。

『サタンライオンの呪いが解ける唯一の人だと聞いてとても感動しました。期待に胸が膨らんでいます。そして今まで見た誰よりも可愛らしくて美しい容姿に心が奪われております。成長を楽しみにしておりますし、大変かもしれませんが、魔法の練習を頑張って、呪いをかけられて苦しい思いをしているサタンライオンたちを助けてあげてください』

お手紙にはお花の絵も添えられていた。

「すごく素敵なお手紙ね」

「あいっ」

「エル様の成長楽しみにしている国民はたくさんいると思いますよ」

私が正式に王族になったので『様』をつけて呼ばれる。普通のままでいいのに。ちょっと距離感があって寂しいけど、立場上仕方がないのかもしれない。

騎士たちも夜寝かしつけに来る時は、今まで通り接してくれるけど、公の場ではどうしても私を王族扱いしなければいけないようだ。

まさか自分にこんな運命が待っているなんて考えてもいなかった。

王族ってことは隠したまま生きていくのかなと思っていたのに、人生って本当に予想外の展開が待っている。まだまだ子供だけど私はそんなふうに思った。

これからどんなことがあるかわからないけれど、自分なりに明るく楽しく生きていこう。

9　楽しみな準備をすることになりました

サタンライオンの住んでいる区域に作ったカフェは大繁盛していた。クレープがおいしいとみなさん喜んでくれている。

私はメニュー開発に加わっただけで、直接お店で売ったり作ったりはしないけど、喜んでくれている様子を聞いてこちらまでワクワクしていた。

メニューが月によって変わるので、今でも意見を言わせてもらっている。

毎月アイディアを出すのは難しいが楽しい。

できれば私は、大好きなお菓子とかに関わることをしたい。

王族になったからと言って、特別な公務をするわけでもなく毎日を過ごしていた。

魔法の練習と作法の勉強もしている。

他の国の歴史や言葉も絵本を使いながら教え込まれ、そういう意味では王族になったんだなと実感する。

でも、まあ私は私で何も変わっていない。

まあまあ忙しい毎日を送っている。

午前中の魔法の練習が終わり、ランチが終わったところ。

国王陛下からメッセージが届き、ジークが手紙を読んでくれる。

『サタンライオンのカフェが素晴らしいと国民にも広まっているようだ。そこで国民のためにもカフェを作りたいと思う。エルのアイディアをもらえないか？』

「たのちそう！　ぜひやりたい」

私がテンション高めに返事をすると、ジークはやさしい目をして頷いた。

「またやることが増えて大変じゃないのか？」

「ううん！　だいじょうぶ」

楽しいことは色々とやりたい。

そんな私の様子を見て彼は早速報告をしてくれたみたいだ。


それから数日後、国王陛下の時間が取れるそうで、急遽《きゅうきょ》執務室にお招きいただき、話を聞かせてもらう。

「どこから広がったのかわからないが、クレープという美味しいお菓子があると国民の間では噂になっている」

「そうなんでしゅね」

「国民にも憩《いこ》いの場をもっと増やしたい。エルは考えもしないようなことをよく思いつくから、ぜひ意見を言ってくれ」

「あい！」

「王族として、頑張ってほしいしな」

「……あい」

急にテンションが低くなった私を見て、国王陛下は不思議そうな目を向けてくる。

「どうしたんだ？　もしかしてまだ王族になったという実感がないのか？」

図星だったので、私は小さく頷いた。

すると国王陛下が楽しそうに笑っている。

「まだまだ子供なんだから仕方がない。王族というのは、国民に喜んでもらうことを考えるのが仕事だ。そのことを忘れないでほしい」

それなら私にもできそうだ。

満面の笑みを向けて大きく首を縦に振った。

クレープを食べて、小鳥さんとも触れ合ってほしい。

そんな気持ちを伝えておくと、一週間後には、場所や規模が決まり、ことりカフェを開けることになったのだ。

国民のみなさんが喜んでくれるように、私も頑張ろう！

毎月出している新しいクレープのレシピのアイディアとは別に、年に一度、国民に喜んでもらえるように特別なクレープを作ってみたい。

私の中で熱い気持ちが湧き上がってくる。ものすごく美味しい果物とかないかな。

想像すると楽しくなってきて、思わずニンマリとしてしまう。

もっともっと美味しいデザートができたら、国民の笑顔が増えるかもしれない。

笑顔が増えたら世界中が幸せになっていくんじゃないかなと思うの。

だから人に喜んでもらえるように、小さい私だけど自分のできることを精一杯頑張りたい。

誰かが笑顔になったら、その近くにいる人も笑顔になって、笑顔が連鎖してハッピーが広まっていく。

地道な作業かもしれないけど、それが世界平和につながっていく気がした。

私は何かすごく大きなことを考えているような気持ちになった。

世界の平和とか言っても、近くにいる人を大切にすることからはじまる。

「メレン」

大切にしたい思いが強くなって頭を撫でると、嬉しそうに尻尾をワサワサと左右に動かしている。

「魔法の練習の時間ですよ」

「あーい」

　私はケセラと準備をして部屋を出た。

「じゃあ。今日はこの石を別の形に変える練習をするわよ」

「あーい！」

「お手本を見せるから見ててね」

　ジュリアンが私にウインクをした。そして真剣な表情になって石に手をかざす。

「星！」

　手のひらから光線が出て綺麗な星の形になる。

「しゅごい」

「じゃあ次はエルがやってみて」

「リンゴ！」

　食べ物のことばかり考えていてついつい果物を想像してしまった。するとリンゴそのものができている。色までついてしまったようだ。

「ものすごい魔力ね……」

「石だと思えないぐらい美味しそうなリンゴに見えるわ」

　ジュリアンもルーレイも感心している。

「もしかして今食べたいものを想像してたんじゃないの？」

ルーレイに考えていたことを当てられてしまったので、恥ずかしくて顔が熱くなった。

多分私はリンゴみたく顔が真っ赤になっていたんじゃないかな。


楽しく魔法の練習を終えて部屋に戻ってきた私は、どんなレシピがいいかと考えていた。

そこで第三別館で働いている料理長さんに、話を聞いてみることにした。

急に会いに行きたいと言っても了承を得られないかと思ったけど、ぜひ来てくださいと言ってくれたので、早速調理場に向かう。

この館の料理の責任者は、ぽっちゃりとしたおじさんだった。はじめて会ったけど、とてもやさしそうな人だ。

ずっと満面の笑顔を浮かべてくれている。

「ようこそおいでくださいました」

「おいしょがしいなか、すみません」

「いえいえ。お食事はお口に合っていますか？」

「とーてもおいしいでしゅ」

用意してくれる料理はいつも本当に美味しい。子供向けに小さくカットされていて柔らかい料理が多く、味付けも絶品である。

お礼を言ってから本題に入った。

「ほう、美味しいデザートを作りたいのですね」

「うん！　おしゅしゅめありましゅか？」

「そうですね……」

調理長が腕を組んで頭をひねりながら考えこむ。

「国の最南端にある農園に虹色のフルーツがあると聞いたことがあります。それはとてもとても美味しくて甘いらしいんです。一度口にしてみたいなと」

幻のフルーツ！　しかも甘くて美味しいなら食べたいな。

「ところがですね、とても貴重なものだからとなかなか売ってくれないそうなんです」

「えー」

「苗をもらって他の農園で増やそうとしても、それもダメだと言われてしまったらしく。その場所に行って交渉をして、許された人しか食べられないそうなんです」

そんな貴重な話を聞いたら余計に食べたくなる。

「もしかしたら、エル様のように可愛らしいお嬢様がお願いに行ったら、少し分けてくれるかもしれませんね」

「たべたいにゃぁ」

「たしかその果物の名前は、ジューカルっていうはずです」

お役に立てるような気がする。

「ジューカル」

「ええ」

いいことを聞いたと、私は部屋に戻ってきた。

冷静になって考えてみると、国王陛下が出してくれと言ったら、分けてくれるのではないか。でもせっかく国民に喜んでもらうなら、私が自ら足を運んでお願いしてくることでお役に立てるような気がする。

宝石を探しにも行かなきゃいけないし、国王陛下にお願いしてみようかな。

その日の夜、当番で来てくれたのは、マルノスだった。

「エル様、さあ眠りましょうか」

「まって。おねがいがありゅの」

ジューカルを探しに行きたいと伝えると、眼鏡をクイッと上げながら困ったような表情をしている。

「そんな遠くに行かれるのは、危ないのではないですか?」

たしかにこの前、危険なことがあった。

老人が魔獣に襲われているところに遭遇したのだ。

恐ろしいこともあるけど、それでもやっぱり自分の足で交渉に行きたい。

「りょうりちょうもいってたにょ。わたしにならわけてくれりゅかもって」

彼は額に手を当てて大きなため息をついた。

「余計なことを言わないでほしいですね。間違いなく、エル様はとても美しく可愛いです。お願いされたら、どんなことも叶えてあげたくなってしまいますが……」

「おいちいクレープ、こくみんにたべてもらいたいにょ、いちねんにいちどでも、とくべつなものたべさせたい」

「エル様はおやさしいですね」

マルノスが手を伸ばしてきて「失礼します」と言ってから頭を撫でてくれた。

「国王陛下の側近に伝言をしておきます」

渋々といった感じだ。

「ただし必ず、同行させてください。守り抜くのが使命だと思っているので」

「たよりになるよ」

満面の笑顔を浮かべた。

私の笑顔はどんな武器よりも破壊力があるらしい。

彼は顔を真っ赤にして、なんとか持ちこたえているようだった。

しかし王族の子供がフルーツを見にきても農園の人は相手をしてくれないかもしれない。

王族に対して失礼な行動はしないと思うけど、なんせ私はまだまだ子供だ。

しかも辺境に住んでいる人は、国王陛下の話を直接聞く機会がほとんどないから、私のことも知らないかもしれない。

それでもどうしても行きたいので、国王陛下に許可をとるため面会したいと粘った。

それから数日後、国王陛下に面会する機会を与えてもらった。行ってもいいよと言ってもらえるように、気合いを入れておしゃれをする。

今日はバラのように真っ赤なドレス。

準備が終わった頃、マルノスが迎えに来てくれた。抱っこしてもらって長い廊下を歩いていく。

執務室に入室すると、爽やかな笑顔を向けてくれる。

「今日は、一段とおしゃれをしている。よく似合っているぞ」

「ありがとうございましゅ」

早速、本題に入った。

「ああ、あれは本当に美味しかった」

国王陛下は一度だけ、ジューカルを召し上がったことがあるらしい。

「それはそれは、口の中がとろけてしまうと思うほどの食材だった。国中に増やしたいと依頼したことがあったが、こだわりが強いようで首を縦に振ってくれなかったんだ。農園の者も国の民だ。私は国民が嫌がることをしたくない」

それ以後は、国王として依頼はしてこなかったそうだ。

だけど私は年に一度でいいので、国民のためのカフェに、特別なスイーツを用意したい。

「おねがいに、ちょくせちゅいってもいいでしゅか？　とくべちゅなスイーツをいちねんに、いっかいだしたいにょ」

眉間にしわを寄せて困った表情している。

「しかし我が領土は広い。かなり遠いんだ。しかもかなり頑固な人だったからいくら可愛いエルでもいい結果になるとは限らないぞ？　もう一度国王として依頼してみようか」

私は頭を左右に振った。

「じぶんでいきたいでしゅ」

同席してくれたマルノスが私の思いを代弁してくれる。

「エル様は自分が行くことで誠意を見せたいと熱い気持ちでいらっしゃるんです」

「なるほどな。しかし王族になったので厳重な体制で行かなければいけないぞ」

国王陛下は気持ちを汲み取ってくれて、私は最南端の農園まで行けることになった。

＊＊＊

最南端の地域は、それは、それは遠かった。二週間はかかったかも。

騎士とルーレイとジュリアン、侍女なども引き連れての大移動だった。

私のためにこんなにたくさんの人がついてきてくれて感謝している。

だから私も国民が喜んでくれるように、なんとしても幻のフルーツを手に入れたいと考えていた。

南にあるので、めちゃくちゃ暑い。

植物は青々としていて花がダイナミックに咲き乱れている。真っ赤やオレンジの花、こちらには色の濃い花が多いなと感じていた。

「ジュースのみたぁーい」

「たしかに、喉乾くよな」

団長が汗を拭きながら言った。

休憩をしながら、たまに商店に寄って飲み物を購入する。

こちらのほうに来ると、見たことのないフルーツがたくさんあった。

紫色でとげとげしていたり、見た目はバナナなのに赤いドット柄だったり。

毒とかあるんじゃないかなと思ったけど、みんな平気な顔をして食べているから、私も口にしてみた。

「おいちい！」

きっと目が飛び出そうなほど、大きくなっているだろう。

甘いものを補給して元気が出てきたのでまた馬車に乗った。


そしてついに、最南端にある農園に到着したのだ。

「ドキドキしゅるね」

「あぁ。いつものエルならきっと大丈夫だ」

団長に励まされて勇気が漲ってくる。

緊張しながら馬車から降りると、甘くてみずみずしいいい香りが漂ってきた。

すばらしい果物があるのではないかと期待に胸を膨らむ。

「ごめんください」

騎士が門の前で大きな声を出すが、誰も出てくる気配がない。シーンと静まり返っている。

「しゅみませーーーん」

しばらく声をかけ続けていると、ザクザクと砂利を踏みつけるような足音が聞こえてきた。

姿を現したのは白髪で、あご髭が長い老人男性だった。

「誰だ」

視線が鋭くて笑顔がない。突然知らない人が来たら驚くのも仕方がない。まずは丁寧に挨拶をしよう。

「お願いがあってやってきました」

団長が声をかけると、彼は団長の胸元に視線を動かす。

王立騎士団というのがマークを見てわかったようだ。普通の人であればこのマークを見たら逆らうことはない。

「仕事で忙しいんだ。帰ってくれないか」

ある程度予想していたけど、冷たすぎる態度に体が固まる。

（わぁ、怖い……）

でもここで怖気づいたら、ここまで来たことが無駄になってしまう！

私は勇気を出して大きな口を開いた。

「エルでしゅ、はじめまちて」

小さな私に気がついたのかしゃがんでくれる。

冷たい感じたけど、目の奥のやさしさに気がつく。ちゃんと話せば、わかってくれるのではないか。

「……可愛いお嬢ちゃんだな」

「こちらは王族です。失礼な態度は謹んでいただけませんか？」

マルノスが言うと、男性はチッと舌打ちをした。彼は膝に手をついて体を重たそうにして立ち上がる。

「用件はなんだ？」

「せかいいち、おいちいくだものをちゅくるひととあいたかったの」

「まだ幼い子供を使うなんて卑怯だ。ジューカルは何十年間も改良を重ねて、やっと出来上がった果物なんだ。だから、簡単に分け与えることはできない」

「そこをなんとか……」

お願いしようとするマルノスを制した。

私はマルノスにアイコンタクトを送る。

(ここは私に任せて)

「けんがくだけ、いいでしゅか？　にじいろのくだもの、みてみたいでしゅ。とおくから……きたのでしゅ」

瞳をうるうるさせてお願い光線を送る。

急に果物を分けてくださいと言われたって、素直に応じるのはなかなか難しいと思う。

まずはどんな作業をしているのか、見せてもらうことが大事だ。

「見るだけならいいじゃない、あなた」

後ろから白髪の女性が出てきた。彼女は穏やかそう。

男性は不機嫌な表情をして奥に入っていく。

「どうぞ、お入りください」

「ありがとうございましゅ」

団長と私は中に入らせてもらうことに。

あとは、四人の騎士が付き添ってくれた。

門をくぐって中に入ると、ものすごい広い果樹園が広がっている。そして強烈な甘い香りが鼻を通り抜けた。

「いいにおい」

少しずつ足を進めていくと、たくさんの木が生えていた。

そこに果実が実っている。

形や大きさはまるでリンゴのようだ。

「これが……ジューカルでしゅか？」

「あぁ、そうだ」

赤ではなく、すべてが虹色になっている。こんなの見たことがない。

一体どんな味がするのだろう……。

リンゴっぽいのかな？　紫色も混じっているからぶどうかな？

黄色もあるからバナナ？　桃？　食感はシャクシャクしているのかな。

あぁ～～食べてみたい！

唾をごくっと飲んだ。

味見させてほしいけど、あまり図々しいことを言って怒らせたら困る。

「しゅばらしいでしゅねぇ」

「ハッハッハ、子供らしからぬ言い方だ」

楽しそうに笑うので私も笑顔を見せる。すると雰囲気がよくなってきた。

「すごいひろいでしゅね」

「ああ。これは一年中、実がなるんだ。だから、休みはない。人手を少なくて大変だ」

「いまは、なんにんでやってましゅか？」

「五人だ。俺ら夫婦、息子夫婦と、手伝いが一人」

男性は作業を続けながら、私の質問に答えてくれる。

「えー、こんなにひろいのに！　からだこわしゃないでくだしゃいね」

「気まで遣えるのか。さすが王族は違うな」

「実は王族の子供であるとお知らせしてから、まだ日が浅いのです」

「どういうことだ？」

団長が説明してくれる。

「魔力まであるのか？」

「あい！　ひとのやくにたてるよう、れんしゅうがんばってるよ！」

「こんなに小さいのに偉いな」

「ありがとうでしゅ」

いい雰囲気だが果物は食べさせてもらえない。

これなら、苗をもらうとか、一年に一度でも売ってくれとお願いしても、応じてもらえなさそうだ。

「おうじょくらしいこと、なにもできてましぇん」

「まだ子供なんだ。すくすく育っていくことが、国民の喜びになる。……王族相手だから敬語じゃないといけないいな」

私は頭を横に振る。

「このままがいい。わたし、もっとおじしゃんとなかよくなりたいの」

「ありがとう。ヤンゴンだ。妻はニコレット。よろしくな」

手を出してくれたので、握手をした。

「遠いところから来たんだ。お茶でも飲んでいってくれ」

「いいの？」

「あぁ、もちろんだ」

予想外にもヤンゴンの休憩室に入れてくれたので、すごく嬉しい。

「よかったね、エル」

耳打ちしてきたのはスッチだ。

部屋の中はそんなに広くないけど、綺麗に片付けられていた。

木のぬくもりが感じられる室内で、ニコレットが手編みで作ったのか、ソファーにレースがかけられている。

懐かしい感じがして、実家に帰ってきたような気持ちになる。

もしかしたら、ここであの幻の果実を食べさせてもらえるかもしれないと期待に胸を膨らむ。

「どうぞ召し上がれ」

出てきたのは、どこでも見たことがあるようなイチゴのケーキだった。

「ケーキを作るのが趣味なのよ」

ニコレットがニッコリと微笑んでくれる。

甘いものも大好きなので嬉しいけど、せっかくここまで来たのだから幻の果物を食べて、なんとか交渉に持っていきたい。

でもまずは出してくれたものもありがたくいただくことにしよう。

「いただきましゅ」

口に入れてみるととても美味しい。

「おいちいです！」

「喜んでもらえて嬉しいわ」

「わたちも、おかしちゅくるのだいしゅきなんでしゅ」

「そうなの？」

「ええ、カフェのアイディアも出してくれるのですよ」

マルノスが説明をすると奥さんは驚いたような顔をした。

「それは立派ですね」

美味しいものを食べていると、本来の目的を忘れてしまう。

もっと会話を続けなければと、部屋をぐるりと見渡す。棚に綺麗なグラスが並べられていた。

「きれい」

私の目線を追ったニコレットはニッコリと笑った。

「街に行って綺麗なグラスを集めるのが趣味なの。高いからあまり買えないけどね」

ヤンゴンも少しずつ打ちとけてきた気がする。

私たちにも心を開いてくれている感じがしたので、もうそろそろ国民のためにカフェを開いて特別なスイーツを作りたいという話をしようと思いはじめていた。

「本当に綺麗だ！」

スッチのテンションが高くなっていて、グラスコレクションを見ている。

そして、こともあろうに、手を伸ばして触りはじめたのだ。心配。どうか壊しませんように。……やっぱり注意しなきゃダメだ。団長を呼ぼうとした時。

ガシャーーーーン。

恐る恐る視線を動かすと、大切なコレクションのうちの一つのグラスが砕け散っている。

「きゃあ、何をするのです！」

穏やかな表情をしていたヤンゴンも立ち上がって慌てて近づいてくる。状況を把握して顔を真っ青にしていた。

あまりにもショックなのか、ニコレットは何も言えずに固まっている。

「それは新婚旅行の時に購入した大切なものなんだ」

「ごめんなさい」

スッチはわざとじゃなくても大失敗をしてしまった。

団長も頭を深々と下げて、お詫びを口にしている。

「本当に申し訳ありませんでした。お詫びに別のグラスを」

「……そういう問題じゃないの。大切な思い出が詰まっているのよ。このグラスに代わるグラスはないの」

話を聞いていると切なくなってきて涙が目に留まってくる。ニコレットに近づいて私は頭を下げた。

「たいせちゅな……のに、ごめんなしゃい。おもいでは、だいじだよね」

「エル様が謝らなくてもいいのよ……」

「スッチはだいじなひとだから」

思い出の品が壊れてしまった悲しい気持ちもあるし、謝っても許してもらえない辛さもわかる。

感情がごちゃごちゃになり、頭がパニック状態だ。

「もう帰ってくれ」

二人を怒らせてしまって私は胸が痛んでいた。

自分に何かできることはないか。

悲しませてしまったことをお詫びしたい。

そうだ！　私には魔法があるではないか。

強い気持ちがあれば、きっと直すことができるはず。

「まほうでなおしましゅ」

「本当にそんなことができるの？」

自信はないけれど助けたい気持ちは誰にも負けない。

私は力強く頷いた。

そして小さな手のひらを壊れたグラスにかざして、割れたガラスがくっついて元通りになるところを想像する。強く強く想像する。

「ハァー、なおれ！」

手のひらが痒くなってきてそこから強い光が出てきた。

みんな眩しくて目をつぶっている。

私は目を細めながら意識が切れてしまわないように、集中していた。

するとバラバラになっていたガラスの破片が光の中に入っていき、見事にくっついたのだ。

光が消えて元通りになったグラスをニコレットに手渡す。

「あい！」

「……な、直してくれたの？」

「そだよ！」

「──ありがとう」

彼女は泣き崩れてグラスを大事そうに胸に抱きしめた。

それだけ二人にとっては大切なものだったのだ。

今は馬車に待機しているが、近くにルーレイとジュリアンがいたら二人はあっという間に直したのかもしれない。

最初から魔術師の二人を呼んでくればよかったと今になって思うけど、すごく必死で直すことしか考えていなかった。

「本当にごめんなさい」

スッチが心から謝ると、二人は見つめ合って頷く。

「もう大切な物を勝手に触らないでくださいね。今回は許します」

「ありがとう！　心から反省してるよ」

スッチはなぜかこういう時でも敬語を使えないみたいだ。

団長がフォローに入っている。

「腕はたしかなんですが、どうしても敬語が話せないんです。失礼をお許しください」

ピリピリとしていた空気が穏やかなものに戻っていく。

「エル様には本当に感謝だ」

ヤンゴンが私の手を握って目をうるませてお礼を言ってくれた。私の魔法が誰かの役に立つことができて本当に嬉しい。

「ごめんなしゃい」

「直してくれたから俺は、なんでも言うことを聞く。ジューカルがほしいのか？」

あまりにもストレートに聞かれたので答えに困ってしまう。しかし、チャンスだと思い手をぎゅっと握ってしっかり瞳を見つめた。

「こくみんにとくべちゅなスイーツをたべてもらいたいの。だから、わけてくだしゃい。いちねんにいっかいでもいいので」

必死に頭を下げると肩をポンポンとたたかれた。

おそるおそる顔を上げるとやさしい表情をして頷いている。

「わかった。他の土地に苗を持って行って育てるというのはどうしても頷けないが、一年に一度分けるぐらいなら、いいだろう。エル様の熱意に負けた。美味しいスイーツを作ってくれ」

「ありがとうございましゅ！」

「スイーツを開発するにはまずは味見をするべきだ。待っていてくれ」

「あいっ！」

ワクワクしながら待っていると、ヤンゴンが食べやすく切り分けたジューカルを持ってきてくれた。

私にフォークを手渡して、目の前に置いてくれる。

皮だけが虹色なのかと思っていたら中身も綺麗に虹色になっていた。ドキドキしながら口に入れてみる。

とてもジューシー！

まるでミックスジュースを飲んでいるかのようなフルーティーな味だった。

「おいしすぎりゅ〜〜〜〜〜〜〜〜〜〜〜〜〜！」

あまりの美味しさに私は発狂した。これをクレープにしたら国民は絶対に喜んでくれるはずだ。

「手間暇かけて作ったんだ。みんなに喜んでもらえるといいな」

「うん！　カフェがオープンしたら、しょうたいしゅりゅね」

「ああ、楽しみにしている」

「夏頃が一番美味しい時期だ」

一年に一度夏の季節に分けてもらうことにした。

また必ず会うことを約束して、農園を後にしたのだった。

10　交渉することになりました

　交渉はとても緊張したけど、頑張った後は気持ちがいい。そして心が通じ合うことができて本当によかった。

　これからまた時間をかけて王宮に戻ることになる。ケセラや働いている職員たちに会いたいなと思いながら馬車に揺られていた。

　お土産としてジューカルをいくつか持たせてくれた。

　国王陛下に食べてもらうのと、ジューカルを教えてくれた料理長にも食べてもらいたい。

　騎士寮でお菓子チームのリーダーをしているミュールにも、味見してもらい、一緒にレシピを考えよう。

　驚くだろうなぁ。早く食べてもらいたい。もぎたても美味しいらしいが、少し熟したのも極上らしい！

　お父様にも……食べてもらいたいな。

　馬車で揺られて五日ほどが経った時。私たちは馬車から降りてランチ休憩することにした。

お店でサンドイッチをスッチが買ってきてくれる。

草むらにシートを敷いて、まるでピクニックみたい。

大きく口を開けて食べていると、小鳥さんや小動物たちが寄ってきた。

《可愛いあなたはだあれ？》

うさぎさんが目をキラキラと輝かせながら私に話しかけてくる。

「エルだよ」

《お会いできて光栄だわ》

もふもふに好かれるスキルが発動しているようだ。

どこに行っても動物たちが集まってくるので楽しくて仕方がない。

ご飯を食べ終わると、散策することにした。

みんなの目の届く範囲で少し歩いて気分転換をする。ジークがそばについてきてくれた。

すると私は何かが目にとまった。

しゃがんでじっと見つめてみる。

ショッキングピンクの手のひらサイズの卵だった。

「たまごだぁ」

「本当だ。随分珍しい色をしているな」

これを温めたら、もしかしたらもふもふさんが生まれてくるかも。

私が拾おうとするとジークが手を止めた。

「子供は何でもかんでも触ろうとする」

「あたためりゅの」

「はぁ？　人間が温めたって孵《かえ》るはずないだろ。何が生まれてくるかわからないんだぞ？

もふもふさんじゃないかもしれない」

強く反対されたので悲しくなって瞳に涙が溜まってきた。

「エル、泣くな」

そんな様子を見てジークは慌てている。

「だってぇ、えーーーーーん」

大きな声を上げて泣き出したので、慌てて騎士たちが近づいてくる。

「何かあったのか？」

団長が心配そうに駆け寄ってきた。

「大丈夫ですか？　お怪我はないですか？」

マルノスが私の体のチェックをする。

「エル、どうしたの？」

スッチがおどおどしている。

「……あ、あの、大丈夫か？」

モルパがどのように声をかけていいのか困っているようだった。

こんなにイケメンの騎士に囲まれたら、前世の私だったらドキドキしていただろう。

過去の記憶が残っていて脳みそは大人なのに体は子供だから、そういう恋愛感情とか湧き上がって来ない。

とにかく今はこの卵を持ち帰りたい気持ちでいっぱい、いっぱいになっていた。

「ジーク、何があったか説明しろ」

「エルが得体の知れない奇妙な卵を拾って持ち帰ろうとしたので注意したのです」

「それは危ないな。エル、危険なものかもしれないから」

「……でも、いのちが」

卵からは言葉までわからないが何かが伝わってくる。

ここで温めるのをやめてしまったら、この命はなくなってしまうかもしれない。助けてと訴えられている気がするのだ。

どうしても放っておくことができなかったのだ。

「おねがい、しんじゃう……」

私は涙ながらに団長に伝えた。

「魔術師に鑑定をしてもらう」

そこでルーレイとジュリアンが近づいてくる。ジュリアンは特別な魔法を使って卵の中身を確認してくれた。

「動物だと思います。危険なものではないかと……」

「そうか」

「たぶん、鳥かと」

「なるほど……」

考え込むような表情を浮かべながら団長は頷いた。

「では俺の責任で持ち帰ることを許可しよう」

「大丈夫なのですか？」

マルノスが心配そうに尋ねているが、団長はもう一度頷いた。

「何かがあった時は、団長判断に委ねると国王陛下から許可をいただいている」

それなら他には誰も何も言えなくなってしまう。

私は許可が下りたことに安堵して卵を拾った。まだ温かい。

大切にドレスの中に仕舞い込んだ。

なるべく素肌で温めようと思ったのだ。

何が生まれてくるんだろう。ワクワクしてしまう。

そして私たちはまた馬車に乗って、進んでいくのだった。

＊＊＊

「くしゅぐったぁ〜〜〜い」

戻ってくると私の可愛い愛犬たちが、もふもふさせながら喜んでくれる。

押し倒されて顔がベトベトになるまで舐められてしまった。

帰ってくるのを心から楽しみにしていたという感じだ。

ところが私の胸の下あたりで温めている卵に気がついたのか、鼻をクンクンとさせながら、不思議そうな顔をしている。

「たまごなにょ。だいじだいじだよ」

「ワン！」

「うまれりゅのたのちみだね」

みんな楽しく暮らしていける日を想像すると、笑顔になった。

ワンコたちと挨拶をした私は、国王陛下にお届け物をお願いして、料理長のところに向かった。

はじめて見た幻の果物に目をキラキラと輝かせている。

そしてまるでさっきのワンコと同じように鼻をクンクンとしながら、香りを楽しんでいた。

「今までに嗅いだことがない甘くて美味しそうな匂いですな」

「たべてみてくだしゃい」

「ああ、一人で食べるのは申し訳ないので数名の調理スタッフを呼んできます」

すぐに戻ってきて八等分にすると口の中に放り込んだ。

そしてなぜか怒った顔になる。

何か気に食わないことがあったのだろうか。

「えーーーーーー」

「何これー！　こ、これは！」

「どうしてこんなにジューシーなの」

あまりにも美味しいと人はムッとした表情を浮かべるみたい。

喜んでくれているその姿を見ているだけで嬉しい。

「美味しいクレープになりますね」

「うん！」

レシピを開発するために騎士寮のお菓子係のミュールのところへ、その足で向かう。

「わあ、なんてすばらしい果物なの。しかもいい香り！」

「クレープにちゅかいたいの。あじみして？」

「こんなに貴重なものなのにいいの？」

「あいっ」

ミュールと休憩室に移動し食べてもらうことになった。

小さく切り分けて口に入れるととろけてしまいそうな表情をする。

本当にこれは誰が食べても幸せになる果物らしい。

「これは熱を加えるより生のまま食べるのが一番だと思うな。あと見た目がとても綺麗だからクリームを添えたり、クレープの上に乗っけて食べるだけでも十分だと思う」

私もそんな気がしていた。

「わかりゅ」

本当に果物だけでも美味しいので、甘さを減らしたクリームにするのがいいかもしれない。

「その路線でいくといいと思うよ！」

「ありがと」

私は思いついたレシピをミュールにまとめてもらって、国王陛下に提出することになった。

＊＊＊

卵が割れてしまわないように、朝も昼も夜もずっと大切に持ち歩いていた。

温めることが必要なので、特別に魔法石を用意してもらって灯りをつける。

寝る時は、大切にカゴにおいて保温する。

そうしていると愛おしい気持ちがだんだんと膨れ上がってくる。

母親とはこういう気持ちなのだろうか。

私のお母さんもお腹の中で私を育てていた時、きっと愛おしくなっていたはず。

そうだとしたら山の中に置いてきた時、どんな気持ちだったの？

本当は一緒に過ごしていたかったのじゃないかなって思う。

可哀想な運命……と言われた私だったけど、お母さんも可哀想だ。

温めはじめてから五日後。

朝目が覚めて籠の中に手を入れてみると、今日もポカポカしている。ところがカタカタと動きはじめたのだ。

もしかして生まれてくるのかもしれない。

さすがの私も一人では対応できないので、慌てて大きな声を出す。

「だれか～！　たしゅけて」

私の声を聞いて驚いて入ってきたのはケセラだ。

「どうなさいました？」

「うまれしょうなの」

「あら、まぁ！」

どうしたらいいかわからない。

私たちは見守っていることしかできなかった。

卵にヒビが入ってきて内側からコツンコツンと叩いているような音がする。

「がんばれ」

応援していると、小さな穴が開いてそこからくちばしが見えてきた。

「とりしゃんかな」

「そうかもしれませんね」

穴はどんどんと大きくなっていく。

生まれてくる時に手で割って助けてあげたいけど、それはしてはいけないんだっけ？

「手を貸してあげたいけど見守ってあげることしかできないわ」

ケセラがそういうので私は頷いていた。するとついに卵がパキッと割れて中から姿を現した。

それは小さな小さな小鳥さん。

まだ毛が生えていなくて、目も閉じている状態だ。小さな命を目の前にして感動する。

「ピリュルルル」

「かわいい……」

「可愛いわね」

ワンコたちも興奮して覗いている。

「食べちゃいけませんよ」

「ワン！」

冷やしてはいけないので、小さな箱を持ってきてもらった。

そして鳥さんでも食べられるような粟《あわ》など探してきてもらい、お湯でふやかしてスプーンで掬《すく》って食べさせた。

前世で日本人だった頃も小鳥さんたちが卵を産んで、孵《かえ》ったばかりの雛鳥《ひなどり》を育てたことがある。

そのことを思い出しながら、テキパキと動いていると……。

「エル様、素晴らしいです」

「よくご存知ですね」

侍女たちに褒められた。

前世の記憶が活かされているなんて言い出せないから、私は笑ってごまかしていた。

じっと見つめていると、愛おしさがこみ上げてくる。

そこに団長が入ってきた。

「エル、小鳥が生まれたと聞いた」

「うん！」

箱の中を覗き込んで、少々困っているようだ。

「もしかして自分で育てたいとか言うのか？」

「あたり」

だってこの子は私のことを親鳥だと思っているかもしれない。

「参ったな……。動物が増えてこのままでは動物園になってしまう」

「まだまだだいじょうぶ」

私が動物に好かれやすいことを知っているから、これからもどんどん増えていくのではないかと心配しているようだ。

でも、もふもふが増えたら、楽しくて幸せなんじゃないかな。

「しょだてたいにょ」

自分のわがままを通そうとしてしまうのは、子供だからかもしれない。真剣な瞳で見つめると、頭をポリポリと掻いていた。

「……うーん。国王陛下に聞いてみることにしよう」

とりあえずお返事をもらうまで、私の部屋で育てることになった。

小さな命は一生懸命に呼吸をしていて、成長しようと頑張っている。

その姿を見るだけで、感激で涙があふれそうになった。


それから数日後、小鳥さんに毛が生えてきた。

まだ薄っすらだけど、ピンク色で可愛い。頬は白い色だ。

お目目も開いてきた。パッチリとつぶらな瞳で可愛い。

「ピュルル」

一緒に過ごす時間が増えれば増えるほど、手放したくない。

国王陛下からいいお返事がもらえるといいなと願うばかりだ。

そして、ついに国王陛下から『大切に育ててあげてくれ』と伝言が届いた。

「やったぁ！」

小さな命を育てることに責任感を覚えたが、また家族が増えることが嬉しくてたまらなかった。

ワンコたちも喜んでいる。尻尾をブンブン振っていた。

「お名前をつけてあげたほうがいいですね」

ケセラが言うので、大きく頷いた。

「うーん……」

ピンク色で連想するものは色々あった。

桜とか桃とか。

でもしっくりしなくてずっと考えていると、前世で友人がロゼのワインを飲んでいたのを思い出した。

ピンク色ですごく綺麗だなと思ったのだ。

「ロゼ！」

「ロゼ？　あぁワインのこと？」

「うん！」

「よく知ってるわね。ロゼって可愛い名前ね」

ということで、小鳥さんはロゼと命名された。

この子が大きくなって、飛び回る日が来るのが楽しみだ。

私は毎日毎日心を込めて、お世話をしていた。

柔らかくした餌を食べさせていたが、自分で食べられるようになり、今ではふやかさないでもそのまま食べることができている。

あっという間に毛が生えそろって、もふもふになった。

最初は飛ぶのが下手で、飛んでもすぐにぶつかってしまっていた。

今では上手に飛び回ることができる。小鳥さんは、本当に成長が早い。

そして、気がつけば生まれて二ヶ月が過ぎた。

専用の鳥かごも作ってもらったけど、私が部屋にいる時はずっと肩にいる。そして楽しそうにさえずっているの。

お散歩する時は、私の肩に一緒に乗っかる。

逃げてしまわないか心配されるが、絶対的な信頼があるみたいで離れない。私のことを親だと思っているみたいだ。

今日は、魔法の練習が上手くいかなかった。落ち込んで泣いてしまう。

するとロゼが肩にきて耳元で爽やかに鳴いて、励ましてくれる。

「ロゼ、ありがとう」

「ピー！」

小鳥さんやワンコのお母さんだから、強くならなきゃいけないのに、みんなが守ってくれる。

「ワンワン」

ドレ、ミファ、ソラとメレンが自分のことも可愛がってくれと、私のそばに寄ってきた。

ももふもふに囲まれて最高だ。

「ロゼ、おおきくなるんだよ」

「ピー!」

元気いっぱい鳴いてくれた。

さっきまで泣いていたのに私の顔には笑顔が戻っている。

＊ロゼ（小鳥）

わたしは、たまごのとき、すから、カラスさんにぬすまれた。

そして、すてられてしまったの。

さむくてこごえていると、エルママにひろってもらってラッキーだった。

たまごのなかにいるときも、ママのこえがきこえてたよ。

いっしょうけんめい、あたためてくれて、うれしかった。

うまれてくるときは、たまごのカラがかたくてたいへんだったけど、おうえんが、ちからになったの。

このせかいにうまれて、めがひらいたとき、エルママのかわいくて、やさしいえがおがみえた。

エルママ、だーいすき。

ママのこえがきこえてきたら、うれしくて、ぴーってないちゃうの。

おさんぽするときも、いっしょ。

ずーっと、いっしょにいたいけど、ママはいそがしそう。

ワンコたちがめんどうみてくれるから、さみしくないけど、もっとママのちかくにいたい。

おおきくなって、エルママをせなかにのせて、おそらをとびたいな。

＊　＊　＊

来月、国民のためのことりカフェがついに開店する予定である。

先日建物を見学させてもらったが、明るくポップな雰囲気だった。

今まではあまり色のついてない建物が主流だったが、建物に魔法で色をつけることが最近流行りだしているようだ。

ことりカフェ二号店は、ピンク色の壁をしていて屋根はみずいろ。

すごく可愛くて私も気に入ったデザインだった。

国内でもすごく話題になっていて、外国にまで噂が広がっているらしい。

建物に色がついているのも革命的なことみたいだし、クレープもすごく珍しいみたい。

もしかしたら、新しいお店がどんどん増えていって、この国の文化も変わっていくのかもしれない。

そんな歴史の一ページを見ていけるのかと思うと、楽しみで胸がワクワクしてくる。

カフェでレシピをどうするか、話し合うため私も参加することがある。

忙しい日々を送っているけど、とても充実して毎日ぐっすりと眠れている。

お菓子のことを考えられて幸せな日々だ。


『エルネットちゃん、エルネットちゃん』

眠っていると声がして目を開くと女神様だった。

「めがみしゃま」

『もふもふライフ楽しんでいるようね。お父様にも会うことができてよかったわね』

「うん。まだいっしょにくらせてないけど」

『あ、でもお父様、本当は死ぬ運命だったのよ』

「え?」

『決められた運命があるんだけど、人はいい行いをすると、悪いことが消えていくの』

「そうなんだ！」

でも、私はそんなにいいことをしたかな？

『エルちゃんはサタンライオンを救ったり、みんなに喜んでもらうために、カフェのレシピを考えたりしているから、いい行いポイントが満タンになって、お父様の寿命《じゅみょう》が延びたってことよ』

「おとうしゃまには、もっとながいきしてもらって、いっしょにくらしたいの。おねがいかなえてくれましゅか？」

『そうね。もっと善ポイントを貯めて頑張ってみて』

まるでポイントカードみたいなことを言っているので、私は苦笑いをする。

「どれくらい、いいことしたら、ポイントはまんたんになるにょ？」

女神様は楽しそうに笑った。

『そんなの教えられるわけないわよーん』

「なんで。おちえて」

『その人それぞれ違うから教えられないの。まあとにかくこれからも大変なことがあるかもしれないけど、応援してるから』

「うん。はじめは、かわいそうなうんめいっていわれて、いやだったけど、うまれてよかった」

私の話を聞いて女神様はやさしく微笑んでくれている。

はじめて出会った時はそこら辺のお姉ちゃんみたいだったけど、彼女も経験を積んでちょっとは女神様らしくなったように見えた。

『命があることに感謝ができるようになったら、もっと素晴らしい未来が待っていると思うわ』

心にジンとくるような言葉を残して女神様は消えていった。

そして私は、もふもふと今夜の当番のスッチと、そのままぐっすり眠り、朝を迎えた。

女神様との会話を思い出して、今日も誰かのために喜んでもらうことをしたいと決意をする。

いいことをしてお父様を助けたいのもあるけど、いいことをして「ありがとう」って言われると、幸せな気持ちになるの。

もっと、もっと、この国が、世界がハッピーに包まれますように。

エピローグ

ついに国民のための常設カフェのオープン日を迎え、特別なフルーツ、ジューカルを使ってのクレープが限定十食提供されることになった。

開店の前にお店の様子を見に行くため、馬車に揺られていた。

「ついにオープンの日を迎えましたね」

一緒についてきてくれているマルノスが柔らかい口調で言った。

「うん！　うれちいね」

「ええ。たくさんの方に喜んでもらえるといいですね」

到着して馬車から降りると、行列ができている。

お店の前にはお祝いのお花が飾られていた。

日本にいた時も開店したお店の前に花が飾られていたが、こちらの世界でも同じみたいだ。

今日は農園のご夫妻を招待して、クレープを食べてもらう。

馬車から降りると、私の姿を見つけた国民が嬉しそうに手を振っている。

私の考えたメニューが食べられると、国内中に噂が広まっているのだ。

「エル様！」

こういうのに慣れていないので困ったけど、私はとりあえず手を振った。

ちょっとは王族として認識されてきたみたい。でも照れちゃう。

中に入るとミュールと、カフェの店員が準備に忙しそうにしていた。

店の外に餌箱を設置することで、小鳥さんが集まってくる。

その小鳥さんが窓から自由に出入りしていて、さえずり声が店内のＢＧＭになっているのだ。

「みんな、よろちくね」

小鳥さんたちに話しかけた。

「ピー！」

日本にいた時の『ことりカフェ』とは、ちょっと違う。

でも、転生した場所で、自分もアイディアを出してカフェをオープンできたことが嬉しかった。

小鳥さんのうんちのお掃除は、ほんの少し大変なんだけど、お客様が癒されるために頑張ってもらうしかない。

まずは農園のご夫妻に先に入ってもらってクレープを振る舞う。

「とおいところ、ありがとうでしゅ」

「こちらこそお招きいただき感謝だ」

早速二人の前にクレープが出される。

「珍しい形をしている」

特別なフルーツが乗せられていて見た目もすごく可愛らしい。

二人は大きく口を開けて食べてくれた。

「生地がモチモチしていておいしい。生クリームとフルーツがこんなに合うとは」

「フルーツの甘みが引き立つように生クリームの砂糖の量を調整しているんです。これもエルちゃんが考えたんですよ」

ミュールが言うと、二人は驚いていた。

「これは、まいった」

食べ終わると開店の時間になり、店をオープンさせる。

あっという間に席が埋まってしまった。私は夫婦と一緒に陰から様子を見ていた。

「わあ、美味しい！」

みんな、運ばれてきたクレープを食べて喜んでいる。

老若男女、お客さんが来ていて、特別なフルーツの限定十食はすぐになくなった。

売り切れてしまったあとは、バナナチョコとイチゴクリームの二種類が提供されていた。

それでもクレープを食べたことのない国民は、本当に美味しそうに頬張る。

「美味しい！」

「バナナとチョコレートを包んじゃうなんて、斬新《ざんしん》ね！」

まわりを見ると、小鳥さんと、楽しそうに遊んでいる人もいた。

カフェの見学を終えた後、せっかくこちらまで来てくれたので、ヤンゴンとニコレットを案内したいと思ったが、農園が忙しいみたいですぐに帰ってしまった。

私も、戻るために馬車に乗った。

甘いものを食べて、小鳥さんに癒されている人たちの表情を思い出す。

喜んでくれている姿がとても印象的で、幸せそうだった。そんな一部の仕事に携わることができて嬉しい。

お父様のこと思い出す。

元気に過ごされているかな？

ぜひ、お父様にもクレープを食べてもらいたい。

また会いたいなぁ。お手紙を書いてお送りしよう。字はほとんど書けないから、絵を描こうかな。

そして、お母様は……無事に生きているのだろうか？

できることならやっぱり家族みんなで一緒に暮らしたい。その願いは叶うのかな。

「エル様、お疲れになりましたか？」

「ちょっとだけ」

「戻ったら甘いジュースでも飲んでゆっくり休みましょう」

「うん！」

「ゆっくり、お眠りください」

私はマルノスの膝に頭を乗せて少し眠ることにした。

家族と一緒に暮らせなくて寂しい思いをしてるけど、騎士たちやお世話してくれる人たちがいるから、楽しい。

いっぱい甘えさせてくれるし、あまり悲観的なことは考えないようにしよう。

未来に何が起きるかわからないけど、頑張っていれば必ずいい道が開いていくと信じてる。

おわり

コスミック文庫α

可哀想《かわいそう》な運命《うんめい》を背負《せお》った赤《あか》ちゃんに転生《てんせい》したけど、もふもふたちと楽《たの》しく魔法世界《まほうせかい》で生《い》きています！3

2023年４月１日　初版発行

【著者】　ひなの琴莉《ことり》
【発行人】　相澤　晃
【発行】　株式会社コスミック出版
〒154-0002　東京都世田谷区下馬 6-15-4
【お問い合わせ】　―営業部―　TEL 03(5432)7084　FAX 03(5432)7088
―編集部―　TEL 03(5432)7086　FAX 03(5432)7090
【ホームページ】　http://www.cosmicpub.com/
【振替口座】　00110-8-611382
【印刷／製本】　中央精版印刷株式会社

ISBN978-4-7747-6461-0 C0193